KB094906

회사원
마스터
Businessman
Master

회사원 마스터 1

에바트리체 장편 소설

초판 1쇄 찍은 날 § 2015년 6월 18일
초판 1쇄 펴낸 날 § 2015년 6월 25일

지은이 § 에바트리체
펴낸이 § 서경석

편집책임 § 이창진

펴낸곳 § 도서출판 청어람
등록번호 § 제387-1999-000006호
등록일자 § 1999. 5. 31
어람번호 § 제2-2153호

주소 § 경기도 부천시 원미구 부일로 483번길 40 서경B/D 3F (우) 420-822
전화 § 032-656-4452 팩스 § 032-656-4453
http://www.chungeoram.com
E-mail § chungeorambook@daum.net

ISBN 979-11-04-90282-6 04810
ISBN 979-11-04-90281-9 (세트)

FUSION FANTASTIC STORY

에바트리체 장편 소설

회사원 마스터

Businessman Master

1

도서출판 청어람

목 차

프롤로그

레이폰 더 데스사이드.

그에게 사람들이 붙여준 별명은 실로 다양하다.

신조차 속일 수 있는 희대의 사기꾼.

역사가 낳은 최고의 거짓말쟁이.

기적의 달변가.

기타 등등.

그는 딱히 대단한 마법을 익히거나 검술이 뛰어난 것도 아니었다.

그저 말 하나.

화술(話術) 하나로 레디너스 대륙을 평정했다.

그가 원하면 한 종교 집단의 교주가 될 수 있었으며, 그가 마음만 먹으면 한 나라의 국왕이 되는 건 쉬운 일이었다.

레이폰이 언제나 입에 달고 살았던 유명한 명언.

"사람이 진정으로 무섭게 느껴지는 순간은 비상한 머리가 발동될 때, 그리고 뛰어난 육체 능력이 발휘될 때가 아니다. 바로 말로써 타인을 마음대로 조종하는 때이다."

세간의 비난과 찬양을 동시에 받았던 달변가, 레이폰 더 데스사이드.

그는 53세라는 비교적 결코 많지 않은 나이에 생을 마감하게 되었다.

…라고 생각했을 무렵.

"…음……."

레이폰은 당황할 수밖에 없었다.

분명 자신은 죽었다고 생각했었다.

그러나.

눈을 떠보니, 흰색 천장과 더불어 이상한 소음을 풍겨대는 물건들이 즐비하게 있는 장소였다.

게다가…….

"아이고, 민철아!! 정신이 드니?!"

"……."

처음 보는 아줌마가 자신을 향해 민철이라 울부짖는 게 아닌가.

그의 이름은 레이폰 더 데스사이드.

희대의 달변가라 불리던 화술의 달인이다.

그런데 왜 갑자기 민철이라는 촌스러운 이름으로 불리게 되었는가.

'아니, 냉정하게 생각해 보자.'

이런 거짓된 상황은 레이폰의 삶에서 수없이도 많이 부딪쳤던 난관이다.

일단 자신은 흰색 옷을 입고 있다.

풍기는 느낌으로 보아서는……. 레디너스 대륙으로 치자면 여긴 '병원'이라는 아우라가 풍겨온다.

하지만 뭔가 낯설다.

사람들의 이질적인 복장이.

그리고 이상한 소음을 풍겨대는 본 적도 없는 물건이.

'차원 이동인가?'

달변가로서 레이폰은 많은 학문을 두루 섭렵했다.

그중에서 마법사들이 주구장창 연구했던 차원 이동에 대해서도 그 지식을 습득한 적이 있다.

지금 자신이 만약 차원 이동을 했다면…….

'신이라는 녀석도 참으로 짓궂은 장난을 하는군.'

쓴웃음을 내뱉던 레이폰이 자신의 머리에 감겨 있는 붕대를 손으로 만진다.

이것으로 대략적인 상황 파악이 완료되었다.

민철이라는 젊은 남자는, 왜인지 모르지만 사고 혹은 자살 시도를 통해서 병원에 옮겨졌다.

그리고 아마 이 아주머니는 바로 민철의 어머니리라 확신한다.

"저……."

레이폰, 아니, 민철은 그의 어머니와 의사를 번갈아 보며 묻는다.

"누구신지……."

"…미, 민철아……!"

"설마 너……."

아직 레이폰은 상황 파악을 제대로 하지 못했다.

그렇다면 답은 하나.

'기억상실증을 연기하는 수밖에.'

마음에 들지 않는 상황이지만, 레이폰으로서는 최대한 할 수 있는 일을 하는 수밖에 없었다.

달변가로서의 체면이 있지.

난데없이 다른 차원으로 떨어졌다 하더라도 당황하지 않

고 냉정하게 또 다른 사람을 연기한다.

레이폰은 그렇게 생각하며 평정심을 되찾는다.

희대의 달변가, 레이폰은 그렇게 또 다른 인간계에서 새로운 삶에 도전하게 되었다.

제1장

두번째 인생

정신을 차리고 난 이후에, 당분간 안정을 취해야 한다는 의사의 말에 레이폰… 아니, 민철은 당분간 병원에 입원하게 되었다.

이세계에서 보내는 첫날 밤.

"……."

자정이 넘어가는 시점에서, 민철은 알 수 없는 위화감을 느끼고 있었다.

새로운 세계에서 평안하게 잠이 올 일은 없다 쳐도, 아까부터 느껴지는 이질적인 감각.

"…누구냐."

민철의 말에 갑자기 아무도 없던 병실에 차가운 바람이 형성된다.

정확히 어떠한 형체를 가지고 있는지 알 수 없을 정도로 투명한 외형을 띠고 있는 무언가가 민철을 향해 말한다.

[아직까지 그 감은 죽지 않았나 보군.]

"머릿속에서 울리는 말이라니… 텔레파시의 일종인가."

하루밤에 지나지 않았지만, 민철은 이 세계 문명 자체가 '마법'을 사용하지 않는 문명이라는 정보를 습득했다.

대신, 기계가 고도로 발달된 문명이다.

그 편이성 덕분에 굳이 사람들은 마법이라는 수단에 기대지 않고 살아가는 중이라고 민철 스스로 납득하는 중이었다.

"넌 누구냐."

[널 이 세계로 보낸 장본인이다.]

"간단하게 말하는군. 그게 내가 원하는 답이라고 생각하나?"

민철이 원하는 답은 그가 누구인지라는 것이다.

스스로 모습을 드러낸 때부터 이미 민철은 이 작자가 자신을 이 세계로 보낸 주요 인물이라는 사실을 깨닫고 있었다.

"날 이곳에 보낸 목적이 뭐냐."

[간단하게 말해서 '유흥'이다.]

"유흥이라고?"

[타세계 인간이 과연 이세계에 얼마나 빠르게 적응할 수 있을지에 대해서. 아니, 적응할 수 있는지 없는지부터 고려해 봐야 하는 건가.]

"…무슨 뜻이지?"

[말했잖나. 유흥이라고.]

"……"

드래곤이라도 되는 건가.

하지만 드래곤에게 차원의 이동이 허락될 정도로 막강한 권능을 지녔다는 사실은 어느 연구 기관에서도 확인된 바가 없다.

그렇다면 드래곤보다 훨씬 고차원적인 존재라는 뜻.

혹시 정말로 신이 존재하는 것인가.

그렇게 생각한 민철이었지만, 정체불명의 고차원 생명체가 자신의 물음에 답해줄 리는 없다고 일찌감치 결론을 짓는다.

그렇다면 할 수 있는 것은 하나뿐.

최대한 정보를 얻어내면 된다.

"날 이세계에 보내놓고, 잘 적응할 수 있는지 지켜본다는 게 유흥이라면, 쓸데없는 짓을 한 셈이야."

[알고 있다. 애초에 넌 어떠한 세계에 떨궈놔도 잘 지낼 수

있을 만한 인재니까.]

"알면 됐고."

목적이 유흥은 아니라는 뜻인가.

고차원의 생명체는 머릿속은 복잡하지만 마이페이스를 유지하고 있는 민철을 내려다보며 웃는다.

아니, 웃는 형태를 취하는 것같이 보였다.

[어떠한 신이 나에게 제안을 했지.]

"신… 이라고?"

[그래. 레디너스 대륙에서 레이폰 더 데스사이드라는 존재는 '신' 조차도 속일 수 있는 천부적인 화술의 달인이라고 들었다. 그래서 너에게 그 자격을 주기 위해 한 가지 내기를 제안하마.]

"신과 만날 수 있는 기회를 준다는 뜻인가?"

[인간으로서는 대단한 영광일 터인데.]

"……"

신.

그 존재조차 확인되지 않았다는 존재와의 만남.

[너의 화술이 과연 고차원 생명체인 우리들에게도 통할 수 있을지 기대가 되지만, 우선 우리를 만날 자격은 쉽사리 주어지는 게 아니거든.]

"그 시련의 통과 조건이 뭐지?"

[간단하다. 레디너스 대륙에서 최고의 마법사도 아니고, 최고의 검사도 아닌 주제에 오로지 말발 하나로 대륙을 평정한 너 아니겠나.]

"이 대륙에서도 '최강자'로 군림하면 된다는 뜻이냐?"

[정답이다.]

이 세계는 마법도, 검술도 레디너스와는 완전 딴판인 형태로 존재한다.

마법은 존재치 않으며, 검술은 그저 호신용 혹은 대회용이나 자기만족으로 수련하는 데에 그치고 있다.

그렇다면 이 인간계에서 최강자의 자리에 오를 수 있는 방법은 딱 두 가지가 있다.

권력.

아니면 돈.

그러나 이 세계는 민주주의라는 시스템이 자리매김하고 있어, 제아무리 많은 권력을 지니고 있다 하더라도 대놓고 권력을 휘두를 수는 없다.

그럼 결국 답은 하나다.

돈.

자본주의의 정점이 되는 길뿐.

[네가 이 세계에서도 레디너스 대륙에서 똑같이 정점의 자리에 오른다면, 우리는 너를 우리와 만날 수 있는 자격이 주

어진 인간이라 취급하겠다.]

"내가 신과 만나게 되면 주어지는 이점이 뭐지?"

[그건 네 '화술'에 달려 있다.]

"즉, 신과 만나서 얼마만큼 신을 말로써 회유하느냐에 따라 그 포상 정도가 달라진다는 뜻인가?"

[머리가 잘 돌아가서 좋군.]

그 말을 끝으로.

고차원의 생명체가 서서히 모습을 감추기 시작한다.

[그럼 우리를 즐겁게 해주길 기대하고 있겠다, 희대의 달변가여.]

"......"

고차원 생명체가 모습을 감추자, 민철의 입꼬리가 슬며시 올라간다.

또다시 주어진 두 번째 인생.

그리고 그 인생에 주어진 거대한 숙제.

다만, 숙제를 완성시키면 커다란 보상이 주어진다.

신과의 만남.

아무도 달성하지 못했던 인간으로서의 거대한 업적.

탐나지 않을 리가 없다.

"레디너스 대륙에 비해서, 훨씬 쉽겠군."

　　　　　　*　　　　*　　　　*

　입원 기간은 2주.

　그동안 민철은 최대한 이 세계에 대해 많은 정보를 습득하느라 바빴다.

　그나마 다행인 것은, 머릿속에 '한국어'라는 언어 형태가 미리 습득되어 있는지 언어의 장벽은 없었다는 점이다.

　있었다 하더라도 민철이라면 금방 새로운 언어를 익히는데 별다른 지장이 없었을 것이다.

　'그나저나 신기한 물건투성이군. 특히나 이 노트북이라는건 정말 신기해.'

　아무리 멀리 있어도 전 세계의 정보를 한눈에 들여다볼 수있다.

　이런 신기한 물건이 만약 레디너스 대륙에도 존재한다면, 그야말로 혁명이었을 것이다.

　정보 습득.

　지난 2주 동안 민철이 모든 신경을 기울이며 완성시킨 가장 기초적인 작업이었다.

　레이폰은 민철의 개인 정보를 다시 한 번 되새겨 봤다.

　소수대학교 4학년에 재학 중.

　군대는 병장 제대했으며, 딱히 이름 있는 대학도 아니다.

in 서울이긴 하지만, 서울 지역에서는 가장 인지도가 낮은 대학 중 하나.

그리고 중요한 것은.

취업 준비 중.

'취업이 되질 않아 그간 스트레스를 많이 받았던 모양인가 보군.'

9급 공무원 시험 준비에 토익, 토플, 그리고 제2외국어 공부까지.

나름 취업을 위해서 발버둥을 쳤던 민철이지만, 딱히 이렇다 할 성과는 보이지 않았다.

공무원 시험은 3번 도전해서 전부 낙방.

토익은 600점대에 그쳐 있다.

'공부도 요령이 있다고, 이 친구야.'

민철은 과거 민철로서 활동하던 존재에게 충고 아닌 충고를 던져 주지만, 고차원 생명체의 전음에 의하면 민철은 본래한 번 사망한 존재라고 했다.

즉, 그의 영혼은 이미 사후 세계에 가 있는 상태.

본래대로라면 레이폰 역시도 사망과 동시에 다른 생을 살기 위한 준비를 해야 했지만, 신들의 호기심에 의해 이렇게 두 번째 삶을 살게 되었다.

그리고 명확하게 목표가 주어졌다.

"그럼 어떤 식으로 이 자본주의 세계에서 정점의 자리에 오를 수 있을까."

시스템이 많이 다르다 하더라도, 기본적인 구조는 같다.

사업.

하지만 사업을 하기에는, 판매 대상자이자 고객인 이 세계 사람들의 취향을 제대로 알 수가 없다.

게다가 민철은 말발이 좋은 거지, 사업적 감각이 좋은 건 아니다.

화술을 활용해 자본주의의 정점이 될 수 있는 방법.

"마음에 들진 않지만……."

민철이 노트북을 닫으며 작게 중얼거린다.

"일단 취업부터 해야겠군."

*　　　*　　　*

4월 중순.

입원 기간이 지나고 난 뒤, 민철은 다시 소수대학교에 복귀할 수 있었다.

"다녀오겠습니다."

그렇게 말을 해봤자, 집 안에는 아무도 반겨줄 이가 없다.

가족들이 살고 있는 본가는 충북 쪽에 있기 때문에, 민철이란 녀석은 따로 자취를 하며 대학교에 다니고 있었기 때문이다.

민철이 사고를 당한 직후인 데다가 기억상실증의 증세를 보이고 있었기에 부모가 민철을 홀로 떨어뜨리기에는 불안해했지만 민철은 연신 괜찮다고 하며 부모들을 안심시켰다.

이럴 때는 자신의 화술이 크게 도움이 되었다.

불안해하는 부모를 설득하는 일 정도야 민철에게는 말 그대로 식은 죽 먹기와 똑같았기 때문이다.

레디너스 대륙에서는 왕의 자리를 두고 말발 하나로 국왕을 차지한 적도 있었다.

그 시절에 비하면 이 정도는 아무것도 아니다.

그리고 이리저리 주운 민철의 개인 정보를 통해 기억상실증도 어느 정도 차도가 보임을 서서히 증명시켜 준 것도 한몫했다.

"내가 일을 벌이고 내가 일을 수습하다니."

그래도 민철이라는 한 남자를 완벽하게 연기하기 위해서는 아직까지 시간이 필요하다.

이 세계에 대한 정보를 꽤 많이 습득했지만, 한 인간의 인생을 완전히 터득하는 건 그 어느 학문보다도 어렵기 때문이다.

"그럼 가볼까."

가방을 짊어지고 걸어서 10분 정도 거리에 놓인 소수대학교로 향한다.

처음 보는 장소.

그리고 처음 보는 이세계인들.

'특이한 곳이군.'

레디너스 대륙에 비해 뭐라고 할까. 복장이 간편해 보이면서 동시에 패션에 비중을 둔 느낌이다.

게다가 확실히 이쪽 세계의 남자, 여자들은 레디너스 대륙과는 달리 선남선녀들이 많다.

'내 미적 감각이 조금 올라갈 수 있겠군.'

혼자만의 독백을 즐기던 민철은 자신이 소속되어 있는 법대 건물 쪽으로 방향을 튼다.

대학교라는 장소의 시스템을 알아본 바에 의하면, 그리고 민철이라는 남자의 상황에 적용시켜 보면 그는 현재 4학년으로서 취업 준비 중이다.

4학년이기에 그다지 많은 과목을 수강하고 있진 않다.

기껏해야 1학기에 전공과목 3개와 교양과목 하나 정도.

즉 1주일에 4개의 수업, 시간상으로 따지면 16시간만 수강하면 된다는 뜻이다.

그동안은 취업을 준비하라는 학교 측의 배려 아닌 배려일 터.

'이 나라 교육 시스템은 참으로 이상하구만.'

심심해서 중, 고등학교 교육 시스템에도 눈과 귀를 기울였던 민철은 효율적이지 못한 대한민국의 교육 시스템에 의문을 가지고 있었다.

주입식 교육이 정말 한 사람의 인생을 윤택하게 해준다고 믿고 있는 걸까.

'내가 국왕이었다면, 우선 교육부부터 싸그리 물갈이를 했을 거야.'

하지만 그건 잠시 뒤로 미루고.

현재 민철이 이뤄야 할 것은 이 세계에서 최강자로 군림하는 일이다.

본래대로라면 사업이 가장 효율적인 수단이겠지만, 평범한 집안이기도 한 민철의 가정집을 함부로 사업이라는 위험한 양날검 위에 올려놓을 수는 없었다.

일단 돈을 모아야 한다.

부모에게 돈을 타 쓰는 건 민철의… 아니, 레이폰의 성향에 맞지 않기 때문이다.

덜컹.

문을 열고 강의실로 들어가자, 사람들의 시선이 민철을 향한다.

그러더니 이내, 고개를 돌리며 지들끼리 뭔가를 수군거리기 시작한다.

내심 평정심을 유지하며 빈자리를 찾아 앉은 민철.

'무슨 말을 하는지 궁금하군.'

이 세계는 마법이 없을 뿐이지, 마나라는 존재가 없는 건 아니었다.

마나는 있지만 그 마나를 활용할 수 있는 인간이 없다는 뜻이다.

민철… 즉, 레이폰은 뛰어난 마법사나 뛰어난 검사가 아니지만, 그래도 기본적인 수준의 경지까지는 마법을 습득한 인물이다.

병원에서 요양을 하는 동안 1클래스 마법사 수준까지 마나 서클을 체내에 형성시켜 뒀기 때문에 어렵지 않게 마나를 운영해 본다.

마나를 귀에 집중시켜 비약적으로 청각을 높이자, 강의실 내에서 웅성거리는 이들의 중얼거림이 정보화되어 민철에게 들려온다.

'저 녀석, 자살 시도했던 녀석 아니야?'

'용케도 살았네.'

'아싸 주제에 학교 이미지에 먹칠 좀 하지 말라고.'

'취업 못 하는 게 학교 탓인가? 지 탓이지.'

"……"

가볍게 한숨을 쉬는 민철.

이미 입원 시기부터 감을 잡고 있었지만, 학교 내에서 차지하고 있는 민철의 지위는 말 그대로 최악이었다.

아싸.

풀어서 해석하면, 아웃사이더의 줄임말이다.

간단하게 말해서 외톨이, 왕따라는 뜻이다.

민철도 그 정도는 알고 있었기에 순순히 납득하게 된다.

어차피 민철도 예상은 하고 있었다.

왜냐하면, 자살 시도를 해 병원에 입원을 했지만 그를 찾아왔던 친구는 단 한 명도 없었기 때문이다.

그때부터 이미 민철이라는 남자의 교우 관계가 어느 정도인지 눈치챘던 레이폰은 그러려니 하고 가벼이 넘기게 된다.

'그래, 지금 그렇게 비웃고 깔보라고, 친구들.'

마치 민철을 패배자 취급하듯 바라본다.

어떻게든 자신보다 열성 인자를 만들어 승리자의 기분을 만끽하려는 이들.

그게 바로 이 교육 시스템의 폐해다.

낙오자 아니면 승리자.

제3의 길을 선택하는 걸 애초에 차단해 둔 이 나라의 운영 방침에 민철은 짜증을 느낄 수밖에 없었지만.

하지만 그는 오히려 상황이 어려우면 어려울수록 더 불타오르는 남자다.

'나중에 누가 승리자가 되는지 보자고.'

그렇게 암묵적인 선전포고를 날린 민철은 가방에서 교과서를 꺼내 든다.

교수의 수업은 민철의 수준에서 그다지 어렵지 않았다.

법체계는 레디너스 대륙에서 수많은 국가들의 법 시스템을 공부해 온 민철의 수준에서 딱히 어렵거나 그러진 않았기 때문이다.

"그럼 수업은 이것으로 마치겠습니다. 아, 그리고."

교수가 창가 자리에 앉아 있던 민철을 호명한다.

"민철 학생은 학과 사무실로 오도록."

"저 말입니까?"

"그래, 너. 병원에 입원해서 중간고사 못 봤으니까 그것 때문에 상담할 게 있다고 하더라."

"예, 알겠습니다."

교수의 말에 고개를 얌전히 끄덕인다.

강의가 끝난 이후에 본래대로라면 이 세계에 대한 정보를 좀 더 알아볼까 했었지만, 부르니 어쩔 수 없었다.

과 사무실로 들어서자, 조교가 민철을 바라보며 묻는다.

"몸은 좀 어때?"

"괜찮아졌습니다."

"그래? 다행이다."

눈동자에는 진정성이 비치지 않는다.

형식상으로 하는 안부 인사리라.

"서 있기도 좀 그러니까 그쪽 의자에 앉아."

"예."

그렇게 인식한 민철이 의자에 앉으며 조교에게 묻는다.

"중간고사 때문이라고 들었습니다만."

"원래대로라면 중간고사 시험을 봐야지. 그런데 네가 입원을 했으니까 어쩔 수 없는 상황이라 인식하고 전공과목 교수님들이 합의를 봐서 재수강은 받지 않을 정도로 학점을 줄까 하는데."

"아직 기말고사가 남지 않았습니까? 거기서 만회하면 된다고 생각합니다만."

"남긴 했지만, 너도 취업 준비 해야 하고. 그냥 적당히 4학년은 알아서 교수님들이 학점을 주실 테니까 일단 취업부터 해라. 4학년은 취업이 최우선이야."

"…예, 알겠습니다."

취업, 취업.

어떻게든 취업을 하라는 조교의 강조에 민철은 그저 고개를 끄덕인다.

그와 동시에 민철은 속으로 혀를 찰 수밖에 없었다.

'자신은 참으로 어리석은 나라에 배치되었구나' 라며 말이다.

*　　　　*　　　　*

과사에서 나온 민철은 대학 주변 일대를 간략하게 축소시킨 지도를 바라본다.

그가 찾는 장소는 단 한 군데.

"얼마 안 걸리는 거리에 있군."

민철이 찾는 곳은 바로 소수대학교의 중앙도서관이었다.

중앙도서관은 '성도' 라고 불리고 있다.

성도는 중앙도서관답게 다른 건물들에 비해 일단 면적 자체가 어마어마했다.

별도로 공부할 수 있는 공간인 열람실만 해도 수용 인원 300명에 가까운 열람실이 4개나 배치되어 있고, 책을 빌릴 수 있는 도서관뿐만 아니라 사이버 정보 이용실이라고 해서 컴퓨터들이 배치되어 있는 공간도 있었다.

"대단한 곳이군. 역시 학술 기관의 척도를 알아보려면 도서관을 가야 돼."

자신의 선택이 나쁘지 않았음을 직감은 민철이 도서관에
들어선다.

아니, 정확히 말하자면 도서관에 들어가기 직전이었다.

"…스터디 클럽?"

도서관 입구 알림판에 빼곡하게 붙여져 있는 종이들.

그중에서 민철의 시선을 빼앗은 단어는 바로 스터디 클럽
이었다.

대학 문화를 접하기 위해 입원 기간 동안 최대한 많은 정보
를 습득한 민철이었기에 스터디 클럽이라는 게 무엇인지 숙
지하고 있었다.

소규모 학생들이 자발적으로 모여 공부하기 위한 집단이
라는 뜻.

"흐음……."

잠시 고민하기 시작하던 민철이 이윽고 스터디 클럽을 구
한다는 메모 중 하나를 찍어 스마트폰으로 번호를 저장한다.

기쁨을 나누면 배가 되고, 슬픔을 나누면 반이 된다고 했던
가.

"혼자보다는 여럿이 학술 정보를 공유하는 게 더 효율적인
공부 방법이지."

그렇게 생각한 민철은 성도를 탐방하기 위해 발걸음을 옮

긴다.

"에… 안녕하세요. 이번 스터디 클럽을 고안하게 된 최수민이라고 합니다."

커다란 뿔테 안경을 쓴 허약한 외형의 남자가 고개를 꾸벅이며 자신을 소개한다.

번호를 저장한 뒤, 민철은 곧장 스터디 클럽에 참가하고 싶다는 의사를 전하게 되었고.

머지않아 이들은 이틀 뒤, 곧장 모임을 가지게 되었다.

멤버는 민철을 포함해 총 네 명.

민철을 뺀 세 명 중 한 명은 바로 스터디 클럽 모임을 주도한 최수민. 남성이며 27세이고 현재 경영대학교 4학년에 재학 중이다.

또 한 명은 류혜진. 24세로 마찬가지로 4학년이고 심리학과에 재학 중이며, 이 스터디 클럽의 유일한 홍일점이다.

그리고 남은 한 명은…….

"한 명이 보이지 않군요."

오늘 모이기로 한 인원은 네 명이다. 그런데 성도의 작은 휴게실 테이블에 마주 앉은 인물은 고작해야 최수민, 류혜진을 포함해 민철, 이 세 명이 끝이다.

민철이 손을 살짝 들며 수민에게 질문하자, 수민이 머리를 붉적이며 말한다.

"뭐… 이런 일은 허다하죠. 스터디 클럽 같이 하자고 전화해 놓고, 실질적으로 결석하는 사례는 무궁무진하니까요."

"그렇군요."

속으로 '책임감이 없는 젊은이로구만' 하고 혀를 차는 민철이었지만, 그도 그만의 사정이 있을 터이니 한탄은 빠르게 끝내 버린다.

한 명이 결석하긴 했지만, 민철은 나름 나쁘지 않은 스터디 클럽이라 생각을 하고 있었다.

왜냐하면 일단 기본적으로 자신과 같은 법대생이 없었기 때문이다.

민철이 속한 법대도 자체적으로 많은 스터디 클럽을 보유하고 있다.

그러나 굳이 민철이 법대생과의 스터디 클럽을 피한 이유는, 바로 민철의 현재 위치 때문이었다.

아웃사이더라는 왕따 격인 지위 덕분에 학과생들은 민철과 어울리려 하지 않는다.

물론 민철도 스스로 알아서 그들에게 다가갈 생각은 없다.

만약 학과 학생들이 자신에게 커다란 이점을 줄 만한 중요한 인물이라면 그럴 생각도 있지만, 불행하게도 그들 역시 민철과 마찬가지로 어중간한 취업 준비생이라는 위치에 놓여 있다.

즉, 이점은커녕 오히려 경쟁자라는 뜻이 된다.

"우선 기본적으로 토익 공부를 중점으로 할 거고요, 서로 취업 정보 같은 거 있으면 공유하도록 하죠."

"예."

"알았어요."

민철과 혜진이 수민의 말에 착실히 대답한다.

"아, 그리고 모임 시간은 평일 두 번, 그리고 주말 한 번으로 할까 하는데 어때요?"

"평일은… 저, 수요일하고 목요일은 안 돼요. 아르바이트 있거든요."

혜진이 먼저 불참 일자를 통고한다.

고개를 끄덕인 수민이 이번에는 민철을 바라본다.

"민철 씨는요?"

"그냥 편하게 부르셔도 돼요, 형."

"그… 럴까?"

수민이 살짝 당황하기 시작하자, 민철이 먼저 말의 포문을 연다.

"어차피 공동 운명체인데, 그렇게 격식 차릴 필요 없어요. 수민이 형, 어때요?"

"음… 좋지."

"혜진이도 편하게 오빠라고 불러도 돼."

약간 장난기를 담아 웃는 민철의 제안에 혜진이 피식 웃으면서 고개를 끄덕인다.

"민철 오빠."

"오, 잘하네."

가볍게 박수를 치며 칭찬해 주자, 혜진이 리액션이 과하다며 살짝 민철의 어깨를 친다.

"자자, 그럼 오늘은 여기까지 하고. 평일은 그럼 수, 목요일 제외하고 월, 금으로 하자. 주말은 일요일로. 시간은 오후 3시. 오케이?"

"오케이, 형."

"네."

그렇게 이들은 취업이라는 공통적인 목표를 위해 의기투합하며 하루를 마치게 된다.

집으로 돌아가기 전.

"생각보다 지출이 심하군."

이 나라 물가는 왜 이리도 비싼지에 대해 투덜거리기 시작한 민철은 조그마한 일자리라도 구해야겠다는 결심을 하게 된다.

집안이 풍족한 집안이었다면 굳이 이런 걱정을 하지 않았을 테지만, 생각보다 대학 생활에 깨지는 돈이 만만치가 않다.

'이래서 유전무죄, 무전유죄라는 말이 나오는군.'

인터넷에서 봤던 문구 하나를 떠올리며 걸어가던 민철.

"저건⋯⋯."

그의 시야에, 괜찮은 아르바이트 공고 전단지가 눈에 들어온다.

"이 카페라면⋯ 거기 아닌가."

민철의 눈에 들어온 아르바이트 자리는, 학교 앞에서 대호황을 누리고 있는 카페의 점원이었다.

매번 사람들이 북적이고, 특히나 젊은 여성들에게 인기 있는 바로 그 카페.

장사가 잘되는 가게답게 시급도 괜찮을 거라 생각한 민철은 바로 전화를 걸어본다.

"여보세요, 아르바이트 구한다고 해서 전화드렸는데요."

―아, 잠시만요.

이윽고 허스키한 목소리를 가진 여성과 몇 분 통화를 한 끝에.

―내일 오후 2시쯤에 오세요.

"예, 감사합니다."

면접 시간을 잡은 민철은 전화를 끊고 스케줄을 체크하기 위해 스마트폰을 켠다.

이 작은 기계는 전화도 되고, 인터넷도 되고, 스케줄 체크도 가능하다.

현 인류가 이리도 편리한 기능을 지닌 발명품을 지니고 다닌다는 게 민철로서는 매우 만족스러웠다.

'만약, 다시 차원을 넘을 수 있다면 이 세계에 있는 기계를 몇 개 정도 가져가면 기술자들이 까무러치겠군.'

말 그대로 과학혁명이 일어날 것이다.

물론, 레이폰이 다시 레디너스 대륙으로 넘어갈 수 있다는 전제하에서 말이다.

"가만……."

스케줄을 체크하던 민철의 인상이 살짝 찡그려진다.

"내일은… 스터디 모임이 있는 날이잖아."

면접은 오후 2시.

그리고 스터디 모임은 오후 3시.

"바쁜 하루가 되겠군."

레이폰은 이 세계에 발을 들여놓은 지 얼마 되지도 않아서 시간에 쫓기는 바쁜 현대인이 되어버렸다.

＊　　　＊　　　＊

다음 날 아침.

좁디좁은 원룸에서 눈을 뜬 민철은 일어나자마자 가볍게 세면을 마친다.

일주일에 듣는 강의 수가 별로 없다고는 하지만, 이렇게 아침 1교시부터 위치해 있는 강의는 일반 대학생에게는 짜증을 불러일으킨다.

그러나 민철에게는 그다지 상관없는 이야기다.

그가 항상 눈을 뜨는 시간은 대략 새벽 6시 반 정도.

"오늘도 상쾌한 아침이군."

레디너스 대륙에 비하면 창문의 바깥 풍경이 시멘트 덩어리로만 이뤄진 살풍경이라고 하지만, 그래도 아침의 신선한 공기는 시멘트 건물도 막아설 수 없었다.

그가 일어나자마자 하는 일은 바로 명상.

명상은 정신을 맑게 하고, 체내에 있는 서클을 점점 확대시켜 클래스를 높여준다.

민철이 인간계에 머물면서 깨달은 사실 중 하나가 마법은 익혀두면 익혀둘수록 분명 이 세계를 살아가는 데에 도움이 된다는 점이었다.

레이폰 더 데스사이드라는 인물이 마법으로 정평이 나 있던 인물은 아니지만, 그래도 6클래스 수준까지는 마법을 익혔던 경력이 있다.

한번 했던 과정을 다시 되풀이하는 건 그다지 어렵지 않다.

"조만간 2클래스 수준까지는 도달하겠군."

1클래스만 하더라도 일상생활을 하는 데에 큰 용이함을 느끼는데, 6클래스는 얼마나 많은 도움이 될까.

기왕 두 번째 인생을 살게 되었으니 9클래스까지 한번 마스터를 해볼까 무심코 생각하지만, 과연 그게 생각대로 될지 잘 모르겠다.

아침 강의를 마치고 점심식사를 하기 위해 학식(학생 식당)에 모습을 드러낸 민철.

어디에 앉을까 고민하던 찰나에, 그를 부르는 단아한 목소리가 들려온다.

"민철 오빠, 여기예요."

혜진이 손을 들며 이쪽으로 오라는 수신호를 보낸다.

마침 혜진도 혼자서 밥을 먹고 있었던 모양인지 민철은 어렵지 않게 혜진과 합석하게 된다.

"고맙다. 앉을 자리가 마땅치 않았는데."

"괜찮아요. 서로 돕고 사는 거죠. 같은 스터디잖아요?"

"그랬지."

혜진은 평범하게 생겼지만, 그래도 성격이 착해 남자들에게는 제법 인기가 있어 보이는 여대생이다.

"오빠는 법대생이라고 하셨죠?"

"뭐, 그렇지."

"부럽네요. 심리학과보다는 배울 게 많을 거 같아요."

"학과에 상하 구별이 어디 있나. 그 학과 고유 학문만의 가치가 있잖아."

"무슨 소리를 하는 거예요, 오빠. 취업을 하는 데에 심리학 같은 건 필요 없다구요. 오히려 민법 총칙이나 노동법이 더 도움이 될 거예요."

"……."

취업에 맞춰 자신의 학문을 결정한다.

이 또한 얼마나 서글픈 일일까.

민철은 속으로 혀를 차지만, 그래도 이 같은 사고방식이 이 나라에서는 오히려 평범하게 다가오는 게 현실이다.

익숙해지자.

민철은 그렇게 다짐하며 김치 한 조각을 입안에 넣는다.

카페 머메이드.

민철이 면접을 보게 될 장소라고 할 수 있다.

"오후 2시. 면접 보기 딱 좋은 시간이군."

문을 열고 가게 안으로 들어서자, 제복을 입은 여성 한 명이 미소를 지으며 말을 걸어온다.

"어서 오세요. 혼자신가요?"

"면접 때문에 왔습니다만."

"아, 잠시만 기다려 주세요. 점장님 모시고 올게요."

종종걸음으로 자리를 뜬 여성.

그사이, 민철이 가게 주변을 둘러본다.

'고풍스러운 가게군.'

흘러나오는 음악도 클래식이다.

아마 이 가게 지점장의 취향을 반영한 게 아닐까 싶다.

'최대한 가게에 대해 정보를 얻는다.'

가게에 들어서자마자 지점장이 오기 전까지 민철은 스마트폰을 만지작거린다.

누가 보면 그저 카X오톡이나 혹은 게임을 하는 모습으로 보이겠지만, 민철은 스마트폰을 정보 도구로 활용하고 있었다.

얼마 지나지 않아 모습을 드러낸 정장 차림의 여성이 안경을 추켜올리며 등장한다.

"전화하신 이민철 씨?"

"예, 맞습니다."

"흐음."

민철을 위, 아래로 훑어본다.

외형으로 사람을 함부로 판단하는 건 금물이라 하지만, 타인과의 첫 만남에서 정해지는 인식의 90%는 대개 첫인상에서 결정된다.

그렇기에 민철은 최대한 깔끔한 사복 차림을 갖추고 왔다.

가급적이면 정장 느낌을 내는 복장으로.

"자리에 앉으세요."

"예."

뚜벅뚜벅 걸어가 의자 위에 앉자, 여성이 민철을 마주 응시한다.

30대 초반으로 보이지만, 몸매라든지 외형에 신경을 많이 쓰는 모양인지 젊은 여성에 비해 뒤처지지 않은 아름다움을 풍기고 있었다.

"우리 가게에는 처음 오는 건가요?"

"오며가며 많이 들렀습니다."

"그렇군요."

민철의 방금 그 말은 진실이기도 하고 거짓이기도 하다.

레이폰으로서의 민철은 처음 온 셈이지만, 과거의 민철이 이 가게에 왔을지도 모르지 않는가.

"가게에 대한 인상이 어때요?"

"좋군요. 고풍스러운 느낌이 제 취향에 딱 맞습니다. 클래식 음악도 마찬가지고요."

"클래식을 좋아하시나요?"

"자주 듣는 편입니다. 지금 나오는 곡도… 리스트의 곡이군요. 단테 교향곡 중 제2악장인 연옥(Purgatorio)으로 알고 있습니다."

"잘 아시네요."

지점장의 눈빛이 사뭇 달라진다.

실제로 민철이 클래식을 자주 듣는다? 그건 전혀 아니다. 이 세계에 온 지 얼마나 되었다고 클래식에 취미를 붙이겠는가.

낯선 이와의 대화라는 건, 얼마만큼 공감대를 많이 이끌어 내느냐에 따라 그 성과가 달라진다.

가게의 인테리어.

그리고 흘러나오는 음악이 클래식이라는 점을 알자마자 민철은 스마트폰을 이용해 이 클래식의 곡명을 검색했다.

사전 조사로 인한 힘이 그의 말에 공감대라는 새로운 무기를 장착시켜 준다.

'어렵지 않은 성이군. 곧 함락할 수 있겠어.'

자신감을 어필한 민철.

반면, 지점장은 새삼 놀랄 수밖에 없었다.

20대 젊은이 중에서 클래식에 대해 잘 아는 이는 얼마 없다.

그런데 민철이라는 남자는 가게에 흘러나오는 클래식의 음을 듣기만 했는데도 정확하게 알아맞혔다.

그 순간부터 민철의 호감도는 비약적으로 상승하기 시작했다.

"아르바이트 경험은 있으신가요?"

"어느 정도 있다고 자부합니다."

"그럼 한 가지 질문할게요."

지점장이 다시 한 번 안경을 추켜올린다.

민철은 지점장의 얼굴이 아까에 비해 편안해진 표정을 띠고 있음을 확인하자마자 자신에게 승기가 어느 정도 넘어왔음을 확신한다.

이제 마무리만 잘하면 된다.

지점장의 마음이라는 이름의 성에 제대로 한 방 꽂아 넣을 수 있는 강력한 투석기 한 방이 필요하다!

"손님들을 대접할 때, 가장 필요하다고 생각하는 건 뭐죠?"

완벽한 서빙 실력?

아니면 손님을 즐겁게 할 수 있는 말재간?

커피에 대한 지식?

수많은 답안 중에 민철이 선택한 최중요 무기는 바로…….

"미소라고 생각합니다."

"미소라… 어째서 그렇게 생각하죠?"

"웃음은 행복의 근원입니다. 기분이 나빠도 억지로 웃기 시작하면, 그 나쁜 기분도 어느 정도 정화가 되죠. 웃음이라는 것은 과학적으로도 근거가 있는 외형의 활동입니다. 이름하야 해피 에너지라고 할까요."

"미소를 통해 손님들에게 좋은 인상을 심어준다는 의미인가요?"

"아르바이트라 하더라도 머메이드 카페에서 일을 하게 된 순간, 단순한 아르바이트생 신분이 아닌 카페의 간판과도 같은 종업원이 됩니다. 카페의 간판이 손님에게 짜증을 내거나하면 안 되죠. 가게의 생명은 바로 '이미지'입니다. 좋은 이미지가 남는 가게는, 손님을 단골로 만들 수 있는 요건을 갖추게 되는 거라고 생각합니다."

"…그렇군요."

콰과광!!

민철의 투석기가 그대로 날아들어 지점장의 성벽을 허물기 시작한다.

우르르 무너지기 시작하는 성벽.

그리고 환호하는 민철의 병사들!

하지만 성안으로 진입하기에는 아직 난관이 남아 있다.

"저희는 대체적으로 여자가 많은 가게예요. 그래서 남자분이라면 힘쓰는 일이 좀 많이 있을 거 같은데, 할 수 있나요?"

"힘이라면 자신 있습니다. 밤의 황제라고 불릴 정도거든요."

"…네, 알겠어요."

지점장이 살짝 얼굴을 붉히면서 작게 웃어 보인다.

야한 농담도 능글맞게, 그리고 시기적절하게 던져 주면 성희롱이 아니라 대화에 활력소를 불어넣는 요소가 될 수 있다.

물론, 효율성이 좋은 때는 이성과 대화할 때다.

"여기까지 할게요. 수고 많았어요."

"감사합니다."

"아, 그리고……."

버릇인 모양인지, 안경을 또다시 추켜올린 지점장이 민철에게 마지막으로 한마디 한다.

"내일 이 시간에 다시 오세요. 시급하고 근무시간 조절해야 하니까요."

지점장 함락 완료.

빙그레 웃어 보인 민철은 가볍게 아르바이트 자리를 따낼수 있었다.

제2장

기회를 맞이하다

카페 머메이드에서 일하기 시작한 지도 근 2주가 흘렀다.

그동안 민철은 남다른 업무 태도와 더불어 남자로서의 힘 (?)도 제대로 발휘하고 있었던지라 여사원들에게 있어서 없어서는 안 될 존재로 각인되고 있었다.

더불어 시급도 점점 오르기 시작했다.

"민철 씨."

"예, 점장님."

커피 원료 상자들을 옮기고 있던 민철이 점장의 부름에 옮기던 커피 상자를 내려놓는다.

"요즘 민철 씨 덕분에 가게 분위기도 좋아지고, 민철 씨 보려고 찾아오는 단골손님도 늘었더라구요."

"하하, 그런가요?"

"그래서 보답의 차원으로 시급을 조금 올려 드리고자 하는데 어떤가요?"

"저야 올려주시면 감사하지요."

"그럼 8천으로 조정해 드릴게요."

"감사합니다."

본래 민철이 받고 있던 시급은 7천 원이었다.

평일 저녁 7시부터 자정까지.

주말을 제외하고 하루 5시간 근무에 시급 7천 원이었는데, 8천 원이라는 소리는…….

'짭짤한 용돈 정도는 되겠군.'

머메이드 카페는 한창 급속도로 성장 중인 카페 브랜드로 알려져 있다.

덕분에 시급도 다른 곳에 비해서 섭섭하게 주지 않는 편으로도 유명하다.

그렇다 하더라도 근 2주 만에 시급이 오른 케이스는 상당히 드물다.

특히나 이곳 소수대학교 체인점을 담당하고 있는 지점장은 깐깐하기로 유명한 인물.

그런 인물의 마음에 딱 들어맞는 남자는 아마 민철이 유일할 것이다.

"어서 오세요."

여종업원의 인사말에 민철이 절로 시선을 돌린다.

가게에 들어선 인물 두 명.

중후한 인상에 제법 점잖은 분위기를 풍기는 남성 두 명이 나란히 입장한다.

그중 한 명은 민철에게도 익숙한 인물이었다.

"저 사람은 분명……."

민철이 다니고 있는 법대 전임교수 중 한 명.

민철의 기억으로는 민법을 담당하고 있는 교수님이 틀림없다.

"이 가게도 오래되었군요."

민법 교수와 함께 나란히 입장한 남성이 가게를 둘러보며 말한다.

그러자 교수가 너털웃음을 터뜨린다.

"허허, 자네 학생 시절 때에 비하면 그래도 가게 분위기라든지 많이 바뀌었어. 새로 온 지점장 아가씨 취향이라 하더군."

"그러고 보니 분위기가 좀 바뀐 거 같습니다. 뭔가… 좀 더 고풍스러워졌다고 해야 할까요."

"예전에는 조금 삭막한 분위기가 있었지. 머메이드 카페도 점점 유명세를 타서 전국에 체인점을 내기 시작했고, 수입이 좀 되니까 이제 본격적으로 젊은이들을 유치하기 위해 가게 분위기도 바꾸고 그러는 게 아닐까 싶네만."

"변화의 바람이군요."

"이 나라를 이끌어가는 주요 인물들은 바로 자네 같은 20~30대 젊은이들이니까."

"하하, 아닙니다. 교수님도 아직 현역이시지 않습니까?"

"이 사람이. 난 이제 슬슬 은퇴할까 생각도 하고 있는데 뭘."

교수와 남성의 이야기에 귀를 기울이던 민철은 본능적으로 저들이 옛 사제지간(師弟之間)이라는 사실을 깨달을 수 있었다.

남성의 연령대를 보아선, 대학생으로 보기는 힘들다.

'졸업생인가.'

겉으로 보아서는… 소위 말해서 '개천에서 용 났다' 같은 타입의 몇 안 되는 이 대학의 성공 사례가 아닐까 싶다.

입고 있는 옷을 포함해 손목시계 등등.

몸에 걸치고 있는 게 제법 값이 나갈 법한 물건들로 보인다.

그러나 남성 본인은 검소하게 보이고 싶은 모양인지 별로 비싼 브랜드라는 티를 내고 싶어 하지 않는 눈치다.

"저분이 누군지 궁금한가 보네."

카운터에서 볼일을 보는 척하며 교수와 남자를 지켜보던 민철에게 여종업원 선배가 다가오며 말한다.

이세화. 올해로 27세이며 대학교를 졸업하고 취업 준비 중. 돈을 벌기 위해 아르바이트를 하고 있다.

"세화 누나는 누군지 알아요?"

"물론. 너도 알잖아? 법대 민법 담당 교수님."

"반대편 남성은요?"

"음… 아~주 간혹 오시는 분인데, 교수님의 옛 제자분이셔. 근데 말이지."

세화가 주변을 둘러보며 민철에게 다가오라는 듯이 손짓한다.

민철이 귀를 기울이자, 세화가 민철의 귓가에 입을 가져다 대며 작게 속삭인다.

"그 유명한 청진그룹에서 부장님으로 있다고 하시더라."

"청진그룹이라면……."

대한민국 기업의 지분 50%를 넘게 차지하고 있다 해도 과언이 아닌 대기업을 의미한다.

전 세계적으로도 이름 있는 글로벌 기업이며, 세계 어딜 나가도 '청진'이라는 단어만 대면 누구든지 안다고 자처할 정도로 말할 만큼 덩치 큰 회사다.

"우리 대학에서는 특출 난 인물이지. 다들 서울대, 연고대 아니면 들어가기 힘들다는 그 청진에 소수대학교라는 이름도 없는 대학 출신이 당당하게 들어가 영업 1팀 부장 자리를 차지하고 있으니까. 말 그대로 진흙 속의 진주 같은 느낌이랄까."

"그렇군요."

세화의 정보에 민철의 눈이 번뜩이기 시작한다.

사실 민철로서는 요즘 들어 고민이 많이 되고 있었다.

소수대학교가 나쁜 건 아니지만, 대한민국은 학벌이 너무나도 중시되는 풍조가 있었다.

이 현상을 극복하기 위해서는 2가지 방법밖에 없다.

민철도 그 학연주의를 이용하기 위해 서울대, 혹은 연고대로 편입이나 재입학을 하든가.

아니면 순수하게 실력으로 극복하든가.

그러나 후자의 경우는 너무나도 이례적인 케이스라 할 수 있다. 소수대학 출신으로 청진그룹 영업팀 부장 자리를 차지하고 있는 저 인물은 말 그대로 '될 인재' 라는 뜻이다.

'연줄이란 중요한 법이지.'

그저 아르바이트를 통해서 생활비를 벌고자 들어온 머메이드 카페에서, 민철은 생각지도 못한 보물 같은 연줄을 발견하게 되었다.

＊　　＊　　＊

주말 스터디 클럽 모임.

평소대로라면 영어 단어 암기와 더불어 취업 정보 교환을 이루는 자리가 되었을지 모르지만, 오늘은 예외적이었다.

"다들, 토익 시험은 잘 본 거 같아?"

수민의 물음에 혜진이 깊은 한숨을 내쉰다.

"이번에도 700 넘기기는 틀린 거 같아요."

이름 있는 기업에 들어가려면 적어도 토익 점수가 700 이상은 되어야 한다.

물론 절대적인 기준은 아니지만, 그만한 스펙은 지원자들 사이에서 기본적인 요소가 되다시피 하기에 토익 시험의 1차적인 목표를 700으로 잡고 있다.

"민철은 어때?"

"생각보다 쉽던걸요?"

"700은 나올 거 같아?"

가볍게 고개를 끄덕이며 말 대신 행동으로 대답하는 민철.

사실 그는 이번 영어 시험이 인생 첫 시험이었다.

공부도 대략 1주일 정도 했을까.

그러나 민철은 영어라는 언어를 접하자마자, 이런 생각이 먼저 들었다.

'이거… 레디너스에 있을 때 아이티루스 민족 언어와 거의 흡사하잖아?'

처음 접하는 영어지만, 왠지 낯설지가 않다.

화술의 가장 중요한 기본 전제는 바로 서로 '말이 통해야 한다' 라는 점이다.

그렇기 때문에 민철… 아니, 레이폰 더 데스사이드는 과거 레디너스 대륙에 있는 모든 언어를 습득한 경력이 있다.

그가 알고 있는 대륙의 언어만 해도 대략 20개가 넘어간다.

그중에 영어와 매우 흡사한 언어 체계를 가지고 있는 아이티루스어도 있다.

덕분에 민철은 그리 어렵지 않게 영어를 마스터할 수 있었다.

700이 무슨 문제랴.

990이 나와도 이상하지 않을 수준인데 말이다.

"어쨌든 오늘 시험 보느라 수고 많았다. 기념으로 내가 저녁이라도 사마."

"오, 역시 형님!"

"사랑해요, 수민 오빠!"

민철과 혜진의 아부에 수민이 머쓱하게 머리를 긁적인다.

소수대학교 정문.

많은 음식점들과 더불어 술집들이 늘어서 있는 젊음의 거리라 할 수 있다.

오늘도 청춘들은 소주병에 나발을 불며 고래고래 소리치는 무리가 있는가 하면, 여자들을 헌팅하기 위해 늑대의 눈빛을 빛내는 남자들도 종종 보이기 시작한다.

'무법 천지구만.'

레디너스 대륙의 젊은이들은 그래도 이렇게까지 문란한 문화생활을 하진 않았다.

벌써부터 술에 찌들어 사는 젊은 학생들을 보며 민철은 가볍게 한숨을 내쉴 수밖에 없었다.

엉망인 교육 시스템의 피해자들일까.

자신은 레디너스 대륙에서 태어난 것을 축복으로 알아야 한다는 점을 다시금 깨달은 민철이 수민의 리드로 어느 한 가게를 향해 걸어간다.

그전에, 수민의 시선이 다른 곳으로 향한다.

"미안, 잠깐 들렀다 갈 곳이 있는데……."

"전 괜찮아요."

"어디 가려고요?"

혜진과 민철이 순차적으로 대답과 질문을 던진다.

그러자 수민이 머리를 긁적이면서 별거 아니라는 듯이 말한다.

"대여점에 좀 가려고."

"대여점이… 뭔데요?"

"민철 오빠, 설마 대여점 모르는 거예요? 책방 말이에요."

"흐음…….."

모르는 게 당연하다.

제아무리 온갖 정보들을 수집한 민철이라 하더라도 이 세계로 넘어온 지 그리 오랜 기간이 지나지 않았다.

"어휴, 얼마나 샌님인 거야, 이 오빠는. 수민 오빠, 민철 오빠한테 대여점이 뭔지도 알려줄 겸 해서 저희도 같이 가요."

"나야 상관없지만…….."

이렇게 해서 대여점이라는 곳을 향해 가게 된 민철 일행.

얼마 지나지 않아, 대여점에 들어서자 민철은 혜진의 보충 설명을 듣는다.

"판타지라든지 무협, 아니면 만화책 같은 걸 돈 주고 빌려 보는 곳이에요."

"그렇군."

어떤 의미로 효율적인 사업 아이템이라 할 수 있다.

그러나 최근, IT기계가 발달해 점차적으로 대여점의 숫자

"아깝지 않아요?"

"그야 아깝지. 하지만 글 쓰는 건 취미로도 할 수 있으니까."

"······."

자신의 꿈을 포기하면서까지 취업을 해야 한다.

취업의 압박.

그 때문에 수민은 작가로서의 삶보다 취업에 비중을 더 두고 있다.

"전 생각이 좀 달라요."

그때, 민철이 수민에게 다가오며 말한다.

"글 쓰는 일 또한 남부럽지 않은 재능 아닙니까? 형, 주변의 눈치를 보며 자신의 인생을 정하지 말고, 자기가 하고 싶은 것에 초점을 맞추세요."

"…고맙다, 응원해 줘서."

수민이 힘없이 민철의 어깨에 손을 올려놓는다.

뭔가 더 말을 해주고 싶은 민철이었지만, 지금 당장 수민의 사상을 바꾸려고 한다면 오히려 그의 계획에 혼란만 가중시키는 꼴이 될지도 모른다.

'씁쓸하군.'

민철은 입안에 감도는 쓴맛을 애써 지우려 노력한다.

＊　　　＊　　　＊

토익 시험 발표가 있는 날.

집 앞에 놓여 있는 한 통의 편지를 보자마자 민철은 본능적으로 이게 토익 성적표임을 직감할 수 있었다.

점수를 확인한 결과.

"역시."

990점 만점.

사실 토익은 그다지 어렵지 않았지만, OMR카드를 통한 정답 기술 방식이 민철에게 조금 낯설었을 뿐이었다.

이변이 없는 점수였기에 민철은 가볍게 토익 성적표를 가방 안에 넣는다.

이것으로 당분간 기업들이 요구하는 토익 점수의 일정 수치까지는 도달한 셈이다.

"다음은 역시 '그걸' 하는 수밖에 없겠군."

이미 민철의 머릿속에는 다음 계획까지 완성되어 있었다.

*   *   *

민법 강의가 있는 날.

민철은 자신이 수강한 과목 중에 민법 교수가 강의하는 과목이 있다는 사실을 알아차리고 속으로 만세를 연호했다.

만약 민법 교수가 담당하는 과목이 수강되어 있지 않았다면 무슨 수를 쓰더라도 민법 교수의 수업을 들으려 했을 것이다.

그러나 학교 시스템이 정한 룰에 따라 안 되는 점도 있을 테고, 여러모로 복잡한 과정을 거쳐야 했기에 민철은 그 과정 없이 바로 작업에 들어갈 수 있음에 기쁨을 느낀 것이다.

"…진의 아닌 의사표시의 경우에는, 표의자의 진의 여부를 어떻게 판별할지에 따라 다릅니다. 이에 관해 판례는……."

민법 교수의 지루한 강의가 이어진다.

이미 학생들 중 대다수는 졸거나 스마트폰을 매만지고 있었다.

그때, 민법 교수가 대뜸 학생들에게 질문을 던진다.

"그렇다면 표의자의 진의란 용어는 표의자가 마음속으로 진정으로 바라는 의사를 가리키는 걸까요? 대답할 수 있는 학생은 손을 들어보세요."

"……."

그야 당연히 없다.

있을 리가 있겠나.

여태껏 딴짓을 하고 있는 학생들이 80%에 다다르고 있는데, 애초에 질문이 뭔지도 모를 것이다.

이 순간을 기다리고 있었다는 듯이 손을 번쩍 든 민철.

"자네는……."

"09학번 이민철입니다!"

"한번 말해보게."

"진정으로 마음속으로 바라는 의사가 아닌, 계약 당시 표의자가 합당하다고 판단한 의사표시라고 명시하고 있습니다."

"흠……."

교수가 민철을 뚫어져라 응시한다.

그러더니 이내 분필을 다시 들며 말한다.

"09학번이라고?"

"네, 그렇습니다."

"그렇다면 3학년 아니면 4학년이라는 뜻인데… 왜 자네를 모르고 있었을까."

"과거의 제가 그다지 존재감이 없는 학생이었나 봅니다. 하하."

"과연. 허허……."

화술의 기본 중에 기본은 바로 처세술(處世術)이다.

대화는 서로 이야기를 나눌 수 있는 장소와 시간을 필요로 하지만, 처세술은 그 화술이 발휘되기 위한 전제 조건이자 초석(礎石)이라 할 수 있다.

민철이 화술을 발휘하기 위해서는 우선 처세술로 무대를 갈고닦아 둬야 한다.

상대방이 무대에 올라와 주지 않는다면, 제아무리 화술의 달인이라 불리는 레이폰이라 해도 말로써 어찌할 방도가 없다.

민철이 지금 시도 중인 것은 실로 매우 간단하다.

교수를 무대 위로 올려놓기 위한 계단을 처세술로 만들어두기 시작한다.

그리고 궁극적으로 교수를 자신의 편으로 만든다.

교수를 통해 최종적으로 달성할 목표는 바로…….

'청진그룹에 입사한다!'

소수대학교 출신이지만, 민철은 청진그룹을 사냥감으로 포착했다.

하지만.

그의 처세술에 걸림돌이 될 만한 존재들이 민철을 아니꼽게 바라보기 시작한다.

"아싸 주제에……."

"뭐야, 저 녀석."

같은 학과 학생들이 민철을 불만 어린 눈으로 쳐다보지만, 민철은 그 시선들을 가볍게 넘긴다.

이들은 애초에 질문이라는 전쟁터에 참가하지도 않았다.

민철 홀로 교수가 내린 전쟁터에 참가해, 혼자서 승리를 거뒀다.

'내가 싫다면 나와 맞서 싸우든가 해라, 젊은이들이여.'

오랜만에 레이폰의 승부욕이 불타오르기 시작했다.

*　　*　　*

평일의 어느 한산한 오후.

한적한 주택 정원에 놓인 흔들의자에 몸을 실은 채 푸른 하늘을 올려다보던 한 노인이 옅은 한숨을 내쉰다.

흰머리와 주름살이 그의 나이를 대변하듯 연륜이 묻어 나오는 외형은 남다른 아우라를 풍기고 있었다.

한경배.

그가 바로 청진그룹을 일으켜 세운 주역 인물. 현 시대 자본주의 사회의 정점이라 불리는 이름하야 자본의 왕이라 불리는 존재다.

그러나 그는 요즘 들어 안타까움을 금치 못하는 심정을 매번 느끼고 있었다.

"회장님."

젊은 남자 비서 한 명이 깍듯이 90도로 허리를 숙이며 인사한다.

뒤이어 전할 말이 있는지 경배에게 다가가 나지막이 말한다.

"전달해 달라 말씀하신 사항은 임원진들에게 직접 전하고 왔습니다."

"…수고했네."

청진그룹의 창업자이자 현 시대 자본의 왕이라 불리는 그지만, 요즘 젊은 세대들을 보며 통탄을 금치 못하고 있었다.

돈이 인생의 전부는 아니다.

그가 이렇게 말하면 우습게 들릴지 모르지만, 경배는 돈 이전에 인간을 먼저 생각하는 기업인이다.

그러나 요즘 시대는 어떤가?

돈이 사람을 움직인다.

정말 이대로 가면 사람의 마음조차 돈으로 거래되는 현상이 만연할지도 모른다.

"요즘 젊은 것들은… 너무 돈을 밝히는 세대가 되었어."

"그렇습니까."

"임원진들만 봐도 딱 그런 티가 나지 않는가. 그 녀석이 죽지만 않았어도 회사를 물려줬을 터인데… 아깝구만."

경배의 눈동자가 한없는 슬픔을 담기 시작한다.

슬하의 유일한 친자식이었던 외동아들이 사고로 죽은 지도 꽤 지났건만, 그럼에도 불구하고 경배는 늘상 아들을 그리워한다.

그리고 아들 내외가 남기고 간 유일한 혈육.

경배는 손녀인 그녀에게 회사를 맡기고 싶지만 그녀는 회사의 전반적인 운영권을 맡기엔 아직 너무나도 젊은 나이이다.

성장이 필요한 시기지만, 경배의 나이도 나이인지라 직접적으로 회사의 경영에 참가하기에는 더러 무리를 느끼고 있었다.

그나마 신뢰가 가는 이들에게 운영을 맡겼지만, 지위가 사람을 만든다 했던가.

분명 경배가 눈여겨보았던 인재들이었음에는 틀림이 없지만, 막상 돈이라는 권력 앞에 서자 그들 역시 변했다.

돈이 사람을 지배한다.

그들은… 돈에게 지배당한 셈이다.

"내가 원하는 건, 돈 앞에서도 평정심을 유지할 수 있는 그런 인재일세. 욕망에 물러서지 않고, 인간 본연을 내세울 수 있는 그런 사람."

"그 이유 때문에… 직접 공채 면접에 참가하시겠다고 말씀하신 겁니까?"

"허허. 우리 회사의 미래를 책임질 인재는 이제부터라도 내가 직접 뽑는 게 좋지 않겠는가?"

"그치만 회장님 건강도 생각하셔야…….'"

"괜찮아, 괜찮아. 최종 면접만 참가하기로 했으니까 체력적으로도 문제가 없네. 다만…….'"

한 가지 걱정되는 사실이 있었다.

이 나라는 학연과 지연을 따지는 대표적인 나라.

과연 경배가 바라는 인재상이 그 학연과 지연이라는 허들을 넘어서 자신의 앞에 도달할 수 있을지가 문제였다.

시방대면 서류 전형조차 통과하기 어렵다.

이름 없는 대학이라면 면접 통과하기가 하늘의 별 따기나.

이 수많은 장애물들을 극복하고, 경배의 앞에 마주 설 수 있는 인재가 존재할까.

"기대하는 수밖에 없겠군."

다시 흔들의자에 몸을 기댄 경배는 재차 하늘을 올려다보기 시작한다.

대한민국에서는 흔히 '청진 맨(Man)'이라 할 정도로 청진그룹에 대한 인식과 충성도가 대단한 편이다.

글로벌 대기업, 그리고 대한민국을 먹여 살린다는 어마어마한 회사에 입사할 수 있다는 사실 하나만으로도 성공했다는 말을 들을 수 있다.

그런 시기에, 드디어 '청진그룹 전반기 본사 공채'가 공식적으로 발표되었다.

다른 지점도 아니고 본사에서 일할 수 있는 유일무이한 기회!

청진그룹의 공채 공지가 뜨자마자 그 소식이 각종 인터넷 포털 사이트 검색어 상위권에 오르는가 싶더니, 심지어 뉴스 채널에서도 이 같은 사실을 뉴스로 보도하기 시작한다.

그만큼 청진그룹이 지니고 있는 파워는 실로 막강하다 할 수 있다.

"소식 들으셨을 겁니다, 교수님."

민법 교수의 옛 제자이자 현재 청진그룹 본사 영업 1팀에서 부장직을 맡고 있는 황고수가 카페 머메이드에서 또다시 교수와의 만남을 주선했다.

저번에는 그저 친목이 목적이었다면, 이번 만남의 자리는 명확히 목표가 존재한다.

"교수님께서 이번에 청진그룹 전반기 공채에 추천해 주실 만한 학생이 있는지 여쭙고 싶습니다."

"추천?"

"예. 본사 임원진들 전체에 한경배 회장님의 특별 공문이 내려왔습니다. 이번 공채는 학연, 지연을 최대한 배제하고 참된 인재상을 갖춘 지원자를 최종 면접까지 올려 보내라고 말입니다. 게다가 최종 면접은 회장님께서 직접 보신다고 합니다."

"흐음⋯⋯."

소수대학교 학생들, 특히나 취업에 목마른 자들에게 있어서는 청진 맨이 될 수 있는 절호의 찬스이자 기회다.

청진그룹이 어디인가.

취업만 하더라도 학교에 플래카드가 대문짝만 하게 걸릴 정도로 신의 직장이라 불리는 곳이다.

연봉도 다른 곳에 비할 바가 안 되고, 근무 환경 역시도 나쁘지 않은 편이다.

그러나 문제는.

입사하기가 어렵다는 점이다.

"그래서 이렇게 된 김에, 저희 과에서도 인재 한 명 정도는 배출해야 하지 않을까 싶습니다만."

"과연 그렇군."

그가 일부러 교수를 찾아온 이유가 있었다.

황고수 역시도 지금은 청진그룹에서 부장 직을 맡고 있지만, 자신의 학교에 많은 인재가 배출되면 배출될수록 자신의 평판도 올라간다.

그래서 졸업생들이 대부분 졸업했던 자신의 출신 학교에 많은 지원을 아끼지 않는 이유가 바로 그 때문이다.

"교수님께서 눈여겨보시는 인재가 있습니까?"

"……."

잠시 고민하는 교수.

최근 들어, 강의 시간 때마다 적극적으로 자신에게 존재감을 어필하는 학생이 한 명 존재하고 있었다.

"있긴 하네."

"누구입니까?"

"이민철이라고… 09학번인데, 마침 취업 준비 중이라고 하더군. 얼마 전에 커피 하나 사 들고 와서 나에게 상담을 요청했었지."

"하하, 센스가 좋은 친구군요."

"강의 태도도 아주 좋아. 적극적이더라고. 아마 내 평생 소수대학교에서 강의를 하면서 학생으로부터 가장 많이 질문을 받아본 학기가 될 거 같네."

교수는 자신의 강의에 관심을 가지는 학생이 있으면 편애를 할 수밖에 없다.

공부에 열의를 가지는데 누가 싫어하겠는가.

물론 그게 민철이 노리는 점이라는 걸 알고 있었지만, 그래도 교수도 사람인지라 그 의도를 알면서도 자연스럽게 마음이 쏠릴 수밖에 없었다.

무관심보다 차라리 눈에 보이는 사탕발림이 사람의 마음을 움직이는 건 당연지사.

민철의 처세술이 빛을 발하는 순간이었다.

＊　　　＊　　　＊

"교수님!"

학과 사무실에서 근무 중인 조교가 민법 교수의 연구실로 찾아오며 단도직입적으로 묻는다.

"고수 선배에게 민철이를 추천해 줬다고 들었습니다만…
사실입니까?"

"그렇다네."

"교수님. 저희 학과 과대도 있고, 수석하고 차석도 있는데
왜 그런 떨거지… 죄송합니다. 전혀 생뚱맞은 녀석을 추천해
주신 건가요? 학생들도 이상하게 생각하고 있습니다. 그런
좋은 자리가 있으면 차라리 그 녀석들에게……."

"자네, 무슨 소리를 하는 건가."

교수의 시선이 더욱 날카로워진다.

조교는 나름 자신이 합당한 이유를 들어 말했다고 생각했
지만, 오히려 그게 교수의 심기를 건드리게 되었다.

"제아무리 성적 1, 2등이라고 해도, 과대라 해도 그들이 강
의에 관심을 가졌나? 오로지 취업을 위해서 보기 좋게 성적만
얌전히 따뒀을 뿐이지, 정작 학문에는 관심도 없는 녀석들이
추천을 받을 만한 자격이 있다고 생각하는 건가?"

"그치만 교수님……."

조교도 필사적일 수밖에 없었다.

그가 말하는 건, 학과 학생들을 대표해서 항의를 한다는 의
미도 가지고 있기 때문이다.

교수는 조교의 말에 관자놀이를 지그시 누를 수밖에 없었다.

강의를 듣기 위해 강의실에 도착한 민철은 생뚱맞은 부름을 받았다.

"민철아."

처음 보는 남자가 민철을 부르는 게 아닌가.

말을 놓는 것으로 보아서는 상급자, 아니면 동기가 아닐까 추정하는 민철이었는데, 얼핏 스쳐 가는 기억으로 '과대'라는 점을 상기해 낸 민철이 자리에서 일어서며 말한다.

"나한테 볼일이라도 있어?"

"잠깐 나 좀 보자."

"……."

과대의 말에 강의실 분위기가 삭막해지기 시작한다.

흐름을 보아하니, 아마도 법대 전체가 이미 과대의 행동이 무엇을 의미하고 있는지를 다 알고 있는 것처럼 보인다.

'올 게 왔나.'

민철이 속으로 혀를 차면서 자리에서 일어선다.

강의실 바깥으로 나가자, 과대를 포함해 남학생 2명, 그리고 여학생 1명이 복도에서 기다리고 있었다.

다들 굳은 얼굴로 민철을 노려보고 있었지만, 민철은 능글맞은 표정을 지어 보이며 말한다.

"이야~ 퇴원한 이후에 이렇게까지 인기 있던 적은 처음인데. 나한테 무슨 볼일이 있길래 이렇게 과도한 인기를 몰아주는 걸까?"

"…민철아, 너도 알고 있지? 이번에 민법 교수님이 청진그룹 공채에 너 추천해 주실 거라는 거."

"물론."

과대의 질문에 민철은 어깨를 으쓱이며 대답한다.

사람 수가 많다 해도 위축되는 모습을 전혀 보이지 않는 민철의 태도가 오히려 이들의 심기를 불편하게 만들기 시작한다.

그중에서 한 여학생이 먼저 민철에게 목소리를 살짝 높인다.

"여기 과대 오빠도 있고, 그리고 수석, 차석 하는 오빠, 언니들도 있는데 민철 오빠가 그냥 알아서 추천 자리 양보해 주시면 안 돼요?"

"응, 안 돼."

단답으로, 그것도 질문을 받자마자 일말의 여지 없이 곧장 답변 스트레이트 펀치를 날려 버린 민철이었다.

순간 말문이 막힌 듯 여학생이 민철을 매섭게 노려보자, 근처에 있던 덩치 큰 남자가 성을 내기 시작한다.

"야, 이민철! 씨발, 넌 양심도 없냐? 수석이나 차석 자리를 노릴 정도로 성적이 좋은 것도 아니고, 만날 학과 일에 관심도 없던 녀석이 이제 와서 영양가 있는 취업 자리만 쏙 빼간 다고?!"

"무슨 소리인지 모르겠지만, 학과 일에 내가 관심이 없었 던 게 아니라 너희들이 일부러 날 왕따시킨 거 아니었나? 역 지사지(易地思之)라는 말도 모르냐."

"이 새끼가!!"

남자의 성격이 꽤나 불같은 모양인지 민철을 향해 덤벼들 려 하지만, 과대와 다른 남학생 한 명이 덩치를 말리기 시작 한다.

"참아, 여기서 폭력을 휘두르면 너만 좆되는 거다."

"그치만 저 새끼가 사람 열 받게 하잖아! 유리한테 하는 말 도 좆나게 싸가지 없구만!"

"괜히 문제 일으키면 더 복잡하다니까.'

취업 자리를 양보하기 싫어하는 민철 때문에 화가 난 모양 인지, 아니면 저 유리라는 여학생에게 말을 차갑게 해서 열 받은 건지 분간이 안 갈 정도였다.

누가 봐도 저 덩치는 유리라는 여학생을 어떻게든 꼬드기 고 싶어서 발정이 난 눈빛이었기에 민철의 한숨은 더더욱 깊 어만 간다.

여자 앞에서 센 척하는 남자의 습성이란 만국 공통 사항인 가.

그런 생각을 품으며 고개를 절레절레 흔드는 민철.

그 태도에 열이 받았는지 덩치가 또다시 고래고래 소리치기 시작한다.

덕분에 강의실 안에 있던 학생들이 얼굴만 빼꼼 내민 채 이 상황을 관람하고 있었다.

'아무도 도와주는 녀석 없구만. 참으로… 이민철이라는 녀석이 그동안 어떤 학교생활을 보내온 건지 대략 감이 잡히는군.'

동시에 레이폰은 씁쓸한 입맛을 다실 수밖에 없었다.

학과 전체에게 왕따를 당해온 민철.

혼자서 아무리 발버둥을 쳐 봤자 학과에서 도와주는 건 없고, 취업의 압박은 실시간으로 다가오고.

양쪽에서 얼마나 많은 스트레스를 받았을지 레이폰은 대충 짐작이 가고 있었다.

"민철아, 장난하자는 거 아니니까 진심으로 들어라."

과대가 정색하며 민철에게 강경한 태도를 취한다.

"이게 다 너 좋자고 하는 일이다. 추천 자리 받는다고 곧장 취업이 되는 것도 아니고, 그저 서류 전형하고 NET 시험 통과시켜 주는 것뿐이지, 1차 면접과 2차 면접, 그리고 최종 면접에서 어차피 네가 붙을 확률은 거의 없잖냐. 그럴 바에야 차라리 우리 학과 내에서 우수한 학생을 우선 배정시켜 주고, 그다음 좋은 취업 자리가 나면 너한테 양보해 주마, 어때?"

"......"

NET라 함은, 청진그룹 자체적으로 준비한 인성적성 시험으로, 말이 인성적성 시험이지 국내에서는 손꼽힐 정도로 어렵다는 수준의 영어 시험이라 불리고 있다.

과대의 말에 어이가 없는지, 민철의 입꼬리가 슬쩍 올라간다.

양보?

어림도 없는 소리.

저들이 저 말을 그대로 실행해 줄 거라곤 민철은 전혀 생각하지 않는다.

정말로 민철을 위한 마음이 있다면, 아웃사이더 취급은 않았을 테니까.

"싫다면."

"이 개새끼가!!"

결국 덩치가 참지 못하고 앞에 있던 과대를 밀쳐 내며 주먹질을 해댄다.

부우웅!!

바람을 가르며 날아오는 거대한 주먹.

하지만 민철은 그 모습을 가만히 보고 있었다.

그러다 이윽고, 가볍게 시동어를 외친다.

"헤이스트(Haste)."

시동어와 동시에 민철이 서 있던 자리에 그대로 덩치의 주먹이 꽂힌다.

그러나 그의 주먹은 너무나도 허망하게 공중을 가를 뿐이었다.

"어……?!"

있어야 할 표적을 놓친 덩치.

그사이, 민철은 이미 그의 뒤로 돌아간 채 서 있었다.

그리고 슬쩍 덩치의 다리를 걸자, 쿠웅! 소리를 내며 그대로 대리석 바닥 위에 널브러지는 덩치였다.

"크윽!"

"사람에게 주먹을 휘두르면, 그만한 각오가 필요하다. 알고 있나? 약자라고 함부로 주먹을 휘두르지 말라고. 그 약자로부터 뒤에 칼침을 맞을 수 있으니까. 칼침 맞을 각오가 되어 있을 때 주먹을 휘둘러라. 그렇게 저돌적인 성격으로는 인생 오래 못 사니까 잘 새겨두고."

"씨발놈이……!"

다시 덤벼들려는 덩치였지만, 그때 먼발치서 한 학생의 외침이 들려온다.

"교수님께서 오시고 있어!"

"쳇!"

혀를 찬 과대가 덩치를 강제로 일으켜 세운다.

아마도 이들은 민철을 협박하기 위해 미리 망을 보는 인원까지 배치해 둔 모양인가 보다.

"야, 이민철."

과대가 민철을 뚫어져라 노려보기 시작한다.

"서로 좋자고 하는 일인데, 너무 막 대하는 거 아니냐."

"먼저 주먹을 휘두른 건 그쪽이잖아? 그리고 지금까지 날 막 대해줬으면서 이제와서 나에게 친절을 바라는 건 너무 이기적이라고 생각하지 않나?"

"이민철……."

"수업 시작하니까 난 그만 들어간다. 그리고 이 이야기는 못 들은 걸로 해주지."

"……."

따가운 눈초리를 받으며 민철은 가볍게 다시 자리로 돌아온다.

때로는 말보다 주먹이 더 잘 통하는 법이 있다.

민철은 직감적으로 이들에게는 말조차 섞을 가치가 없음을 깨달았다.

시간이 흐른 뒤.

추천인을 뽑기 위해 민철을 호출한 민법 교수.

연구실 안으로 들어서자, 교수가 복잡한 표정을 지어 보이며 민철을 바라본다.

"내가 무슨 이야기를 하기 위해 불렀는지 자네도 잘 알고 있으리라 생각하네."

"물론입니다."

"사실… 난 가급적이면 자네를 추천해 주려고 생각하고 있어. 그 누구보다도 강의 태도 또한 성실하고, 인성 역시 괜찮더군. 하지만 자네도 알다시피, 내가 독단적으로 결정하는 것을 매우 싫어하는 무리가 있더구만. 참… 안타까운 일이지."

학생들은 대대적으로 자신들의 취업 권리를 주장하면서 동시에 민철의 추천을 반대했다.

과대가 아마 민철을 응징하게 위해 주도적으로 벌인 일이리라.

그렇게 생각 중인 민철에게 민법 교수가 나지막이 말한다.

"적어도 토익 900 이상, 그리고 학과 성적 4.5 만점에 4.2 이상은 되어야 추천을 받을 수 있지 않냐며 항의하더군. 자네 학과 성적은 4.21이더군. 근처에 아슬아슬하게 되지만, 토익 성적이 700점도 넘지 못한다는 게 걸리는군."

"토익 성적이라면……."

민철이 주섬주섬 성적표를 꺼내 든다.

그동안 만점 받은 토익 성적표를 쓸 일이 없던 민철이 이제야 자신의 토익 성적표를 떠올린 것이다.

"여기 있습니다."

"이건?"

"성적표입니다."

"어디 보자… 마, 만점이라고?!"

민법 교수의 눈이 휘둥그레진다.

지금까지 소수대학교에서 토익 만점자가 몇이나 있었던가. 이번 기수를 통틀어 현 대학생 중에서도 만점자는 눈을 씻고 찾아봐도 없다.

그런데 민철이가 만점이라니.

"이, 이 정도면 충분히 추천할 만한 자격이 있겠군! 녀석들의 항의도 누그러뜨릴 수 있겠어!"

눈을 빛내는 교수였지만, 민철은 이미 다른 계획을 세우기 시작했다.

"교수님, 잠시 제 의견을 들어주실 수 있으십니까?"

그리고 민철이 제시한 방법은 실로 놀라움을 금치 못할 부탁이었다.

제3장

면접 전쟁

청진그룹 공채 입사 추천서.

각 대학교 인재들을 뽑아 미리 선별해 특별히 서류 전형과 더불어 청진그룹 자체 영어 시험인 NET를 면제시켜 주는 특권을 부여하게 된다.

사실 서류 전형 단계는 그다지 어렵지 않다. 제아무리 이름 없는 지방대를 포함해서 다양한 학교 학생들이 원서를 낸다 해도 일단 대부분 인격에 문제가 없는 이상은 합격시켜 주는 게 청진그룹의 특징이다.

본래대로라면 학연과 지연이 주 요소를 이루고 있는 대한

민국에서 청진그룹의 서류 전형 유형은 상당히 이례적이라 할 수 있지만, 이건 특별히 한경배 회장이 정한 지침 사항으로 시류 전형 단계에서 서울대, 연고대만 뽑는 등의 차별을 두지 말라는 명령이 떨어졌기에 가능한 시스템이었다.

그렇다면 왜 그렇게 다들 목숨을 걸고 추천서를 받으려고 하는 걸까?

그건 바로 NET의 존재 때문이다.

NET. 대한민국 영어 시험 중 가장 어렵다고 소문이 난 시험이다.

청진그룹은 기본적으로 신입사원뿐만 아니라 청진그룹에서 일하고 있는 사원들은 전부 주기적으로 NET 시험을 치르게 되어 있으며, 만점은 500점 만점이다. NET를 합격하려면 최소 400 이상은 맞아야 한다.

그러나 청진그룹에서 NET 시험을 시행한 이후, 만점자가 나온 경우는 정확히 딱 두 번밖에 없었다. 그중에 하나가 바로 본사 영업 1팀에서 일하고 있는 황고수다.

소수대학교 출신의 그가 아무런 인맥도 없이 청진그룹에 입사할 수 있었던 가장 큰 성공 요소가 바로 NET 만점자였기 때문이다.

그렇다고 NET를 만점 받는다 해도 무조건 취업이 되는 건 아니다.

취업이란, 늘상 그렇듯 그 결과가 많은 요소에 따라 무수하게 달라지기 때문이다.

"…고맙다, 민철아."

정문 어느 한 술집에서 수민이 민철에게 감사를 표한다.

스터디를 마치고 오랜만에 세 명이 술자리를 가지게 되었다. 술이 좀 들어가자, 수민이 미약하게 알딸딸한 기분으로 민철에게 진심이 담긴 고마움을 털어놓는다.

"설마 내가 청진그룹 추천서를 받게 될 줄은 몰랐어."

"하하, 형은 학교 성적도 좋으시던데요? 게다가 토익도 750점이시고. 다 형 실력이죠."

"하지만 원래대로라면 법대에 들어갔어야 할 추천서를 전혀 엉뚱한 학과생인 내가 받게 되었으니 그게 좀 그렇더라."

"별다른 이유 있겠어요? 그냥 법대에 인재가 없었나 보죠."

추천서는 본래 민법 교수가 무리를 해서라도 민철에게 주려고 했었다.

게다가 민철은 토익 만점자. 추천서를 부여해도 무리가 없었지만, 그렇게 된다 하더라도 법대 학생들의 불만을 억제하기는 무리가 있었다.

그래서 민철은 대안책을 생각해 낸 것이다.

민법 교수의 입장이 난처해지지 않도록 고려함과 동시에 법대 재학생들에게 빅엿(?)을 선사해 줄 수 있는 대안을.

그게 바로 경영대에서도 수재라 불리고 있는 수민에게 추천서를 양도하는 일이었다.

"어차피 타 학과라 해도 같은 소수대학교잖아요? 마침 저희 민법 교수님도 경영대 교수님들과도 친하게 지내시고 계시다고 하니까요. 소수대학교에서 한 명이라도 청진그룹 사원이 배출된다면 자랑거리가 되잖아요."

"…그러냐……."

술잔을 기울인 민철이 이번에는 혜진을 바라본다.

"미안하다, 혜진아. 너한테 기회를 줄 수 없어서."

"괜찮아요, 오빠. 전 어차피 이번에 토익 700도 못 넘었는 걸요. 그리고 당분간은 천천히 토익 준비하면서 다른 아르바이트 자리라도 알아볼까 해요."

"알바는 하고 있었잖아?"

"하아, 술집 서빙이었는데, 손님들이 너무 치근덕거려서 그냥 관두려고요. 술 취한 사람들을 상대하는 건 답이 없다니까요, 정말."

혜진이는 그래도 여대생 축에 놓고 보자면 꽤나 미인으로 통하고 있었다.

몸매도 괜찮은 편이고, 무엇보다도 성격이 내숭 없이 털털한 성격이었기에 남자들의 마음에 쏙 드는 타입이다.

그런 혜진이 민철을 스윽 보더니 넌지시 던지듯 말한다.

"차라리 민철 오빠 같은 사람이 치근덕거리면 몰라도요."

"그거, 간접 고백이냐?"

"노, 농담이에요!"

혜진이 얼굴을 빨갛게 물들이며 고개를 절레절레 흔든다.

누가 봐도 농담이 아니라 민철의 속마음을 떠보기 위한 말임을 알 수 있었지만, 민철은 내심 모른 척한다.

수민은 그런 민철의 반응을 보더니 피식 웃으면서 혜진에게 들리지 않게끔 작게 말한다.

"너도 참 짓궂은 녀석이구만."

카페 머메이드.

오늘도 열심히 가게에서 노동으로 보람찬 하루를 보내고 있던 민철에게 지점장이 다가오며 묻는다.

"민철 씨."

"네, 지점장님."

"혹시 청진그룹 추천서 받는 거… 거절했어?"

"거절은 아니고요. 아는 스터디 그룹 형한테 양도했어요."

"그게 얼마나 얻기 어려운 자리인데 왜 남한테 양보를…
민철 씨, NET 시험 본 적 있어?"

"본 적은 없습니다만, 모의고사는 한 번 봤습니다."

"시험은 어떻게 보려고?"

가 줄어들고 있다는 사실은 부정할 수 없다.

시대에 맞게 인간의 문화도 변화하기 때문이다.

"그런데 수민 오빠, 책 좋아하세요?"

"좋아한다기보다는… 아, 여기 있네."

수민이 어느 한 판타지 책을 꺼내 든다.

"그건?"

"부끄럽지만, 이거… 내가 쓴 거다."

"네에?!"

놀란 혜진이 소리를 꽥 하고 지른다.

근처에 있던 이들이 혜진의 비명 소리에 시선을 돌려 쳐다보자, 민철이 대신해 손님들에게 사과한다.

"뭐 그리 놀랄 것까지야."

"그치만 오빠, 작가셨어요?"

"이제 막 첫 작품을 출간한 초짜 중에서도 초짜야. 운이 좋아서 출간했지."

"우와, 오빠한테 그런 재능이 있는지 몰랐는데… 그럼 굳이 취업 준비 안 하고 작가로 방향을 잡으면 되지 않아요? 왜 굳이 취업하려고 하세요?"

"글쎄다. 우리 집안이 좀 엄격해서 말이다. 내가 하고 싶은 것보다, 안정적인 직장을 잡고 고정적인 수입이 있기를 바라시거든. 그래서 취업을 하려는 거야."

"잘 되겠지요."

"하아, 바보네, 민철 씨는."

지점장이 민철을 한심하다는 듯이 바라본다.

"서류 전형은 어찌하려고?"

"청진그룹은 웬만해선 서류 전형은 통과시켜 준다 하더라고요."

"하지만 거기서 탈락하면 시험 볼 자격도 없는 거야. 운에 맡기려고?"

"운도 실력이지요."

"…정말……."

지점장이 다시 한 번 관자놀이를 지그시 누른다.

그러더니 이내 지점장이 가볍게 한숨을 내쉬더니 명함을 내민다.

"이건……."

"민철 씨, 특별히 내가 관심이 있어서 도와주려고 하는 거니까 받아둬."

보기에는 평범한 명함.

그러나 명함이라 함은 그 소유자와 직접적으로, 그리고 간접적으로 인맥이 있음을 상징하는 일종의 증거물이기도 하다.

"혹시나 하니까 내 명함은 가지고 있어줘. 그리고 서류 전형은 내가 어떻게든 통과시켜 줄 테니까 NET 공부 잘해둬."

"지점장님, 혹시 청진그룹과 연줄이 있는 겁니까?"

"내가 연줄이 있는 건 아니고… 다른 애들한테는 말하지 마."

지점장이 주변을 둘러보더니 민철의 귓가에 붉은 입술을 가져간다.

"머메이드 브랜드 대표가 우리 아버지니까… 아버지를 통해서 서류 전형 정도는 통과시켜 줄 수 있어."

"……"

이건 좀 의외였다.

지점장이 머메이드 내부에선 그래도 좀 지위 있는 실력파 여성이라 생각했지만, 설마 대표의 친딸일 줄이야.

생각지도 못한 연줄이 바로 근처에 있었던 셈이다.

"그러니까 NET 공부에만 신경 써. 시험에 통과해야 면접 볼 자격이 주어지니까."

"알겠습니다. 도움 고맙습니다, 지점장님. 나중에 제가 술이라도 살게요."

"난 청진그룹에 입사하지도 못한 남자와 함부로 같이 술자리 가지는 그런 여자 아니거든. 시험 합격하면 제대로 얻어먹을 거니까 그리 알고 있어."

지점장이 살짝 윙크를 해 보이며 민철에게 도발을 한다.

섹시함과 동시에 귀여움이 아우러져 나오는 지점장의 모

습. 왜 아직까지 싱글일까 오히려 의구심이 들 정도로 매력이 있는 여성이었지만, 나름 개인 사정이 있으리라.

"그런데 민철 씨, NET 모의고사 봤었다고 했지?"

"네."

"몇 점이 나왔길래 그렇게 자신만만한 거야? 추천서를 받을 정도가 아니라면… 한 430 정도 나왔어?"

보통 우리나라의 영어 천재들이라 불리는 인재들이 받는 점수는 420—460점 정도 사이가 된다.

430만 나와도 원어민 수준이라고 불릴 정도로 난이도가 어려운 NET 시험.

그러나 민철의 입에서 나온 점수의 수치는 지점장을 멍하게 만들 정도로 어마어마한 위력을 지니고 있었다.

"500점 나왔더라고요."

첫 모의고사에서 이미 민철은 만점을 받아버린 것이다.

＊　　　＊　　　＊

"…후우."

가볍게 한숨을 내쉬며 무뚝뚝한 표정으로 앉아 있는 한 젊은 청년.

자신에게 도착한 한 통의 편지의 내용물을 확인하자마자

어디론가 전화를 건다.

"여보세요? …예, 방금 합격 통보 확인했습니다."

―NET 시험 준비는 어찌 되어 가냐.

"걱정 없습니다. 무난히 합격점을 받을 거라고 예상하고 있습니다. 모의고사에서도 충분히 만점 나왔으니까요."

―…탈락은 절대로 용납할 수 없으니 그리 알아라. 이번 기회에 내가 아버지께 잘 일러뒀으니, NET만 합격하면 넌 무난히 채용될 거다.

"예, 알겠습니다."

통화 종료 버튼을 터치한 남성이 냉커피 한 모금을 들이켠다.

서울대학교에 재학 중인 남성진.

그 역시 이번에 취업을 준비 중인… 이름하야 취준생이다.

그러나 그는 다른 일반 취준생과는 전혀 다른 입장이다.

NET만 합격하면 청진그룹에 채용될 준비를 이미 마치고 있었기 때문이다.

"…빨리 취업하든가 해야겠군."

내일이 바로 NET 시험일.

남자는 별다른 어려움 없이 만점을 받을 거라 예상하며 자리를 뜨기 시작한다.

NET 시험 당일.

가벼운 마음으로 시험을 마친 민철은 머메이드 카페로 발걸음을 향한다.

마침 지점장이 근무하고 있는 시간대였는지, 민철이 가게에 모습을 드러내자마자 지점장이 곧장 묻는다.

"결과는?"

"아직 안 나왔어요."

"나도 알아. 그래도 가채점 정도는 했을 거 아니야?"

"가채점상으로는 만점이더라고요."

"…진짜 세상 오래 살고 볼 일이네. 설마 이름도 없는 소수 대학교에서 NET 만점자가 나올 줄이야."

"이미 그 전례가 있잖아요?"

영업 1팀 부장직을 맡고 있는 황고수의 존재를 잊어서는 안 된다.

그 역시 개천에서 용 난 꼴이니까.

"여하튼 수고했어. 그런데 무슨 일이야? 오늘 근무일도 아니잖아."

"지점장님한테 아르바이트생 하나 추천해 드리려고요."

"추천?"

"예, 아무래도 제가 취업을 하게 되면 이곳에서 더 이상 일할 수 없게 되잖아요."

"이미 채용이 될 걸 확신하고 있다는 말투네."

"물론이죠."

"뭐… 좋아. 마침 우리도 한 명 더 뽑으려고 했으니까."

고개를 끄덕인 지점장에게 민철이 빙그레 웃으며 혜진을 언급한다.

"제가 알고 지내는 같은 스터디 그룹 동생인데, 성격도 좋고 서빙 알바 경험도 있어서 잘할 수 있을 겁니다."

"그 아이에게 이야기는 해뒀어?"

"이제부터 하려고요. 거절하진 않을 겁니다. 마침 지금 새 알바 자리를 찾고 있다고 하니까요."

일반 술집 가게에 비해 머메이드 카페의 근무 조건이 훨씬 더 좋을뿐더러 시급도 가장 센 편이다. 그만큼 들어오기 어렵다는 알바 자리지만, 혜진이라면 충분히 소화할 수 있으리라 믿은 민철은 자신감 있게 그녀를 추천해 준다.

"민철 씨가 추천해 준 아이라면 믿고 쓸 수 있겠네. 알았어, 내일 연락 준다고 해."

"감사합니다, 지점장님."

"대신."

지점장이 살짝 눈을 흘긴다.

"민철 씨가 청진그룹에 반드시 채용한다는 전제 조건으로 받아들이는 거니까 그리 알아둬."

"물론이죠."

그저 민철은 어깨를 으쓱이는 제스처를 취할 수밖에 없었다.

＊　　　＊　　　＊

NET 성적 발표 당일.

말할 필요도 없이 NET 만점을 받게 된 민철은 대학교에서 유일하게 알고 지내는 친구인 수민과 혜진, 이들과 술자리를 하게 되었다.

"두 오빠의 면접 자격 취득을 축하하며, 건배—!"

"건배!"

혜진의 선창에 수민과 민철이 어색하게 웃으면서 술잔을 짠! 부딪친다.

수민은 민철이 양도한 추천서 덕분에.

그리고 민철은 순수하게 자신의 실력으로 면접 자격을 취득했다.

"그치만 이제부터가 고비야."

수민이 맥주잔을 기울이며 말한다.

"1차 실무진 면접, 2차 임원진 면접, 그리고 최종 면접으로 한경배 회장과의 면접이 기다리고 있으니까."

말 그대로 면접 전쟁.

이번 면접을 볼 수 있는 자격을 취득한 지원자만 하더라도 족히 400명은 넘어간다고 한다.

여기에 채용되는 인물은 단 10명.

탑 10에 들기 위해서는 이 치열한 면접 전쟁에서 살아남아야 한다.

"그리고 들리는 소문에 의하면……."

수민이 주변을 둘러보더니, 목소리를 낮추며 말을 이어가기 시작한다.

"부사장의 아들이 이번 공채에 응시했다고 하더라."

"그런 대단한 인맥을 지닌 사람이 왜 굳이 공채 따위에 응시했데요?"

기가 막힌 듯 막말을 던지는 혜진이었지만, 민철은 냉정하게 부사장의 아들이 공채에 지원한 이유를 추론해 본다.

"공채라 함은 다른 지원자들과 경쟁해서 맞붙는 시스템이잖아. 부사장의 아들이라는 지위는 다른 이들에게 '부사장 아들이니까 당연히 입사했겠구나'라는 인맥을 배경으로 한 꼼수가 있으리라는 의식이 자연스럽게 들게 마련이지. 하지만 공채를 통해서라면 어느 정도 그 의견을 불식시킬 수 있어. 입사한 이유의 정당성이라고 봐야겠지."

"그치만 애초에 경쟁 상대가 안 되잖아요! 부사장 아들과 경쟁이라니……."

"뭐, 길고 짧은 건 대봐야 알겠지."

지원자들 중에서 누군가가 부사장의 아들이라는 사실은 민철에게 있어서 커다란 위협이 되지 않았다.

왜냐하면 '말'이라는 수단을 통해 대결하는 전장에서 민철은 단 한 번도 패배해 본 적이 없기 때문이다.

그리고 드디어 면접일이 찾아오게 되었다.

1차 면접은 실무진 면접.

"긴장되는데……."

수민이 깔끔하게 차려입은 정장을 전신 거울 앞에서 다시금 확인하며 중얼거린다.

그리고 민철은 대기실에서 그런 수민을 응원해 준다.

"편하게 보세요, 형. 어차피 이거 가지고 인생 끝나는 거 아니잖아요."

"그치만 기왕이면 잘 봐야지. 네 덕분에 내 인생에서 있을까 말까 한 절호의 찬스를 부여잡았는데."

"하하, 그건 너무 과한 생각이에요."

제아무리 수민이 소수대학교 수석이라 하더라도 고작해야 소수대학교다. 서울대나 연고대에 비하면 아무것도 아닌 그런 일반 학생이 면접까지 오게 된 것만으로도 충분히 영광스러운 일이다.

수민의 집안에서는 이미 아들을 자랑거리로 생각하고 있을 정도로 청진그룹 입사는 실로 대단한 특권이라 할 수 있다.

'그나저나 부사장의 아들이라… 누군지 보고 싶군.'

민철의 머릿속은 온통 소문만 무성한 그 '부사장의 아들'이라는 사람을 매우 만나고 싶어 했다.

인맥으로 유명 회사에 입사하는 건 다른 이들에게 있어서 불평을 터뜨릴 만한 결과일지도 모른다.

그러나 애초에 이건 태생의 문제다.

좋은 집안에서 태어난 이는 좋은 환경을 갖춘 인생을 살 수 있다.

단지 그뿐.

자신의 인생을 탓한다 해도 태생의 문제는 달라지지 않는다. 이미 태어난 조건이 다르기에 그건 노력으로도 극복하기 힘들다.

하지만, 극복하기 힘든 대신에 또 다른 성공 가도를 노릴 수 있는 선택지의 폭이 그만큼 많다.

청진그룹 부사장의 아들이라는 혜택을 누리기 위해 그 아들은 이 회사 입사 지원밖에 생각할 수 없지만, 다른 이들은 청진그룹뿐만 아니라 자신의 재능을 십분 발휘할 수 있는 미래가 많이 깔려 있다.

행복은 본인의 마음가짐에 따라 달려 있다고 했던가.

'지금 당장의 내 행복은…….'

민철이 가볍게 자신의 넥타이를 단정하게 조이며 다짐한
다.

'그 부사장의 아들이라는 녀석조차 누르고 당당하게 입사
하는 거다!'

인맥조차 말발로 극복한다.

그게 바로 레이폰 더 데스사이드의 인생철학이다.

*　　　　*　　　　*

"200번부터 205번까지 1면접실로 입장해 주세요."

깔끔한 정장 차림의 젊은 여성이 대기실에 있던 지원자들
무리를 향해 외친다.

수민의 번호는 305번.

그리고 민철의 번호는…….

205번이었다.

"갔다 올게요, 형."

"그래, 면접 잘 봐라."

민철이 자리에서 일어서며 다시 한 번 정장의 옷매무새를
가다듬는다.

민철을 포함해 6명의 지원자들이 자리에서 일어선다.

그중 남자가 5명, 여자가 1명.

성비가 잘 맞지 않는 지원 비율이었지만, 선정되는 것도 운이다. 면접관들이 성비를 따지면서까지 번호를 배치하진 않으니 말이다.

1면접실로 향하는 길.

도중에 인상 좋아 보이는 남자 한 명이 딱딱한 분위기를 반전시키려는 모양인지 말을 던진다.

"다 같이 1차 면접 보는 것도 운명인데 말이죠. 안 그런가요? 하하!"

면접번호 200번 남자가 기운차게 웃으며 나름 분위기를 밝게 하기 위해 노력한다.

그러나 몇몇은 여전히 굳은 얼굴로 침묵을 유지한다.

무시하는 것도 불쌍한 터라 민철이 대신해서 200번의 말을 받아준다.

"그러게요. 전국에서 선정된 6명 아니겠습니까."

"오오! 그렇게 말하니까 뭔가 있어 보이는데요?"

"성함이 어떻게 되시나요?"

"김대민이라고 합니다. 남수대학교에서 왔지요."

"이민철입니다. 소수대학교에 재학 중입니다."

"하하! 서로 이름 없는 대학교에 재학 중이라고 하니까 더

동질감이 느껴지네요. 다른 분들도 마찬가지인가요?"

대민이 슬쩍 나머지 면접자들에게 말을 돌려본다.

그러나 들려오는 대답은 예상외였다.

"서울대입니다."

"연대요."

"고대 법대입니다."

"……."

하나같이 다 서울대에 연고대 출신자들.

엘리트라 함은 바로 이들을 가리키는 말일지도 모른다.

하기사, 어찌 보면 이런 학교 출신들이 대거 면접 지원자들 속에 포진되어 있는 게 오히려 당연한 거다.

다른 일반 회사도 아닌 이곳… 글로벌 대기업으로 유명한 이 회사에 지원하는 인재들의 출신 성분이 보통이 아니라는 점은 대민도 충분히 알고 있었다.

1면접실 앞에 도착하자, 안내원 여성이 빙그레 웃으며 말한다.

"잠시 휴게실에서 대기해 주세요. 앞 조 면접이 끝나면 곧바로 입장하겠습니다."

"몇 분 정도 걸리나요?"

서울대 출신이라 했던 201번 남자 지원자가 손을 들며 묻는다.

그러자 안내원이 손목시계를 바라보며 대답해 준다.

"한 10분 정도 걸릴 거예요."

"그럼 잠시 화장실 좀 갔다 와도 될까요?"

"네, 그치만 10분이 정확한 시간은 아니니까 그 점을 고려해 주세요."

"아, 알겠습니다!"

긴장한 탓일까.

후다닥 자리에서 일어서며 화장실을 다급히 향하는 201번 지원자의 모습에 대민이 머쓱하게 머리를 긁적인다.

"나도 미리 화장실 갔다 올 걸 그랬나……."

"지금이라도 늦지 않았습니다. 갔다 오는 게 좋을 겁니다."

화장실행을 추천하는 민철이었지만 대민은 고개를 절레절레 흔들며 다시 생각을 고쳐 먹는다.

"길어봤자 30분도 채 안 될 테니 그냥 참도록 하겠습니다."

"그러다가 도중에 쌀지도 몰라요."

"하하하! 민철 씨라고 했나요? 제법 유머 감각이 있으시네요."

민철의 입장에선 대민 같은 타입의 인물은 나쁘지 않게 생각하고 있다.

분위기를 주도적으로 이끌어가는 사람.

비록 능력이 출중하거나 말재간이 좋은 편이 아니더라도 이렇게 스스로를 희생하면서 좋은 쪽으로 분위기를 만들어가는 인재는 회사 어느 부서에서라도 한 명은 필요한 법이다.

분위기 메이커의 존재 여부에 따라 그 회사의 능률이 달라지기 때문이다.

'이 사람의 가치를 회사가 알아볼 수 있을까.'

다만 이름 없는 일반 4년제 대학 출신이라는 점이 상당히 장애가 될 터이다.

민철 역시도 마찬가지지만, 그는 자신이 있었기에 학교 출신은 신경 쓰지 않는다.

게다가 민철은 이번 면접을 준비하는 동안 아주 강력한 필살의 무기 하나를 완성시켰다.

그것은 바로⋯⋯.

"저기⋯⋯."

204번 면접자가 민철에게 말을 걸어온다.

같은 조에 속한 유일한 여성 지원자로, 깔끔한 숏컷이 인상적인 그런 여성이었다.

"혹시 이민철 씨라고 하면⋯ 이번 NET 시험에서 '유일한' 만점자 아닌가요?"

"알아보시는 분이 계실 줄이야. 영광이군요."

슬며시 미소를 지으며 여성의 말에 대답해 준다.

민철은 이런 식으로 자신의 자랑거리가 만천하에 드러날 때를 맞이하면, 언제나 주의하는 점이 있다.

결코 자만하지 않는다.

맹수는 함부로 발톱을 드러내지 않는 법.

자신이 만약, NET 시험의 유일한 만점자라는 정보를 주변 인들에게 알리고 다녔다면, 이민철이라는 맹수는 스스로 하이에나들을 적으로 돌리는 꼴이다.

굳이 자신이 정체를 드러내면서까지 일부러 적을 만들 필요는 없기 때문이다.

"민철 씨, 그렇게 대단한 분이셨습니까?!"

대민이 화들짝 놀라며 민철을 다시금 바라본다.

어떤 의미로 존경의 시선까지 곁들어져 있었다.

"하하, 별거 아닙니다."

"별거 아닌 게 아니잖아요, 그건."

여성을 포함해 주변에 있던 면접자들이 탄성을 내지른다.

유일한 만점자.

하지만 그 '유일한' 이라는 접두어에 붙는 호칭 때문에 또 다른 면접자는 상당히 심기가 불편할 수밖에 없었다.

부사장의 친아들이기도 한 남성진은 짜증이 섞인 표정으로 대기실에 앉아 있었다.

차가운 인상을 지닌 그였기에 더더욱 심기가 불편한 마음이 표정뿐만 아니라 온몸의 아우라로 표현되고 있었다.

그 역시 NET 만점을 노리고 있었다.

그러나 생각지도 못하게 문제의 난이도와 유형이 엇나간 게 몇 가지 튀어나왔기 때문에 그의 점수대는 480으로 끝날 수밖에 없었다.

물론 480점도 고득점이기는 하지만, 그가 용납할 수 없는 일은 바로 자신을 제치고 이 공채의 모든 관심을 한 몸에 받은 '만점자'의 존재가 배출되었다는 점이다.

남성진은 부사장의 아들이라는 백그라운드를 지니고 있지만, 완벽주의자이기도 하다.

지금까지 살아오면서 남성진은 자신을 실패한 인생이라 생각했던 적이 없다. 그만큼 완벽하게 살아가기 위해 부단한 노력을 해온 그였으나 이번 공채는 결코 완벽하지 않았다.

"꼭 얼굴이라도 보고 싶군……."

자신을 제치고 만점을 받은 그 누군가를 향해 남성진은 본능적으로 살의(殺意)마저 느끼기 시작한다.

"F조, 입장하세요."

200번부터 205번이 속한 F조를 향해 안내원 여성이 입장 지시를 내린다.

그러나 대민이 손을 번쩍 들며 문제가 발생했음을 어필한다.

"저기, 아직 201번 지원자가 안 왔습니다만… 조금만 기다리면 안 될까요?"

"그치만 실무진 면접관분들을 기다리게 하신다면 감점 사항이 될지도 몰라요. 위험 부담을 감수하실 생각인가요?"

"……."

면접은 시간이 중요하다.

시간 약속조차 지키지 못하는 인물은 회사에서 필요가 없을지도 모른다.

게다가 201번 지원자 한 명 때문에 F조 전체가 감점을 받겠다는 건 이들조차 용납하지 못하는 사항이었다.

"빨리 가요."

202번 지원자를 포함해 아까 민철이 만점자임을 알아본 여성이 자리에서 일어선다.

결국 대민과 민철을 제외하고 나머지 지원자들이 휴게실을 나서기 위해 준비를 한다.

"대민 씨는 어떻게 하실 생각입니까?"

"……."

오늘 처음 보는 지원자를 위해 자신이 희생할 이유는 없다.

그게 정답이다.

그러나 대민은 그러지 못하는 인물이었다.

"제가 찾아보고 오겠습니다. 2분… 아니, 1분만 기다려 주세요!"

그렇게 말하고서 휴게실을 뛰쳐나간다.

어안이 벙벙한 지원자들이었지만, 그 속에서 민철은 나지막이 한숨을 내쉰다.

"오지랖이 넓은 것인지, 아니면 그냥 바보인지 모르겠구만."

대민의 태도에 고개를 흔드는 민철이었지만 이내 그 역시도 휴게실을 나선다.

"1분이면 충분합니다. 그 정도는 되겠죠?"

"아… 네, 그것보다 그쪽도 찾으러 가시려고요?"

"저도 오지랖이 넓어서 참 큰일입니다, 하하!"

그렇게 너털웃음을 터뜨린 민철이 빠르게 마나를 순환시킨다.

마법이 필요할 때가 있을 거라고는 생각했지만 설마 지각생 따윌 찾는 데에 써야 할 줄이야.

'나도 아직 멀었구만.'

*　　　*　　　*

빠르게 마나를 순환시키며 온 신경을 집중시키는 민철.

대기실에서 빠져나와서 자신들이 있는 4층에 마나의 아우라를 널리 퍼뜨린다.

한 층임에도 불구하고 화장실이 한두 군데가 아닌지라 이런 형태로 마나를 이용해 사람 찾는 데에 쓰고 있었다.

방금 전까지 201번의 기(氣)를 더듬어본다.

그와 엇비슷한 기운이 흘러나오는 인물을 찾는다.

그 인물이 위치한 곳은…….

'복도 쪽 화장실인가!'

빠르게 행동을 감행하기 시작하는 민철.

두 다리에 마나를 집중시켜 도약에 스퍼트를 가한다.

파바박!!

차가운 대리석 바닥을 박차고 돌진하기 시작하는 민철의 시야에 채 5초도 지나지 않아 화장실의 모습이 드러난다.

"201번 지원자분 있습니까!"

"저, 전데요?!"

화장실 앞에서 심호흡을 하고 있던 201번이 놀란 모습으로 민철을 바라본다.

그러나 서로 어벙하게 바라볼 시간적 여유 따윈 없다!

"지금 면접 시작한답니다. 빨리 가요!"

"지, 지금요?!"

"예, 빨리!"

201번 지원자를 독촉하면서 면접실로 뛰어가기 시작하는 이들.

마법을 다시 한 번 발동시키고 싶지만, 그렇게 되면 주위 사람들이 민철을 이상하게 바라볼지도 모른다.

한편 면접실로 향하던 도중 대민도 이들과 합류하게 된다.

"면접 첫날부터 이게 무슨 꼴이람!!"

민철이 욕지거리를 내뱉으며 대민과 201번 지원자들을 이끌고 1면접실로 줄기차게 뛰어간다.

아직 입사도 안 했음에도 불구하고 이미 넥타이 부대는 미래를 향해 전력 질주하고 있었다.

제1면접실.

1차 실무진 면접을 치르기 위해 면접관 3명이 나란히 지원자들이 앉는 의자에 마주 앉아 있었다.

하지만 비어 있는 의자의 개수는 총 3개.

"아직 오지 않은 이들은 지각생인가?"

넓은 이마에 얼굴에 잔주름이 많은 한 중년 남성이 눈살을 찌푸리며 안내원 아가씨에게 묻는다.

"그… 조금만 기다리시면 될 거 같습니다."

"조금만?"

"네… 1분 정도……."

"시간 약속을 전혀 안 지키는 녀석들이군, 쯧쯧."

인사팀 실장직을 맡고 있는 차원소.

그의 심기가 불편해지자, 옆에 앉아 있던 또 다른 면접관인 오태환이 원소의 불편한 심기를 누그러뜨리기 시작한다.

"차 실장님, 1분 정도면 된다고 하니까 기분 푸세요."

"흥, 1분 정도가 아니다, 이 녀석아. 거래처 상대방과의 약속이었다면 이미 이 계약 건은 파탄 나고도 남았어!"

"하하……."

오태환 역시 같은 인사팀에 속해 있지만, 차 실장의 다혈질 성격을 매번 이런 식으로 컨트롤하는 것도 그의 업무 중 하나에 속한다.

그리고 마지막으로 세 번째 면접관이자 어떤 의미로 민철과 상당히 인연이 깊은 인물인 영업 1팀의 부장을 맡고 있는 황고수.

"황 부장님의 생각은 어떠십니까?"

차 실장이 슬쩍 황 부장에게 지각생에 대한 생각을 묻는다.

이 질문의 의미는 아마 볼 필요도 없이 탈락을 시키자는 의미일 터.

어차피 지원자들은 널리고 널렸다.

게다가 201번이 서울대생이라는 점만 빼고는 어차피 남은 두 녀석은 별 볼 일 없는 학교 출신들이기 때문에 기왕 이렇게 된 거 차 실장의 생각은 빨리빨리 떨거지들을 걸러내자는 뜻이었다.

그러나 황 부장의 생각은 다르다.

'이민철… 이 지원자가 분명 교수님이 말씀해 주신 그 지원자일 터인데.'

가급적이면 황 부장은 민철을 2차 면접까지 올려 보내주고 싶었다.

그러나 면접에 지각이라니.

이건 분명 큰 실책이다.

바로 그때.

"늦어서 죄송합니다!"

거친 숨을 몰아쉬며 면접실 안으로 들어오는 젊은 남성 세 명.

미리 앉아 있던 지원자들도 그들을 바라보지만, 차가운 표정으로 일관한다.

아니, 도리어 경쟁자들을 공짜로 떨어뜨릴 수 있는 절호의 찬스를 놓쳤다는 아쉬움의 입맛을 다신다.

헐레벌떡 자리에 앉는 모습을 보던 차 실장이 혀를 찬다.

그 모습을 유심히 지켜보던 황 부장이 곧장 면접 시작을 알리는 말을 꺼낸다.

"그럼 면접을 보도록 하죠. 우선… 200번 지원자."

"예!"

"지원자는……."

"그것보다."

황 부장의 말을 도중에 끊은 차 실장이 매서운 눈초리로 묻는다.

"왜 지각했습니까?"

"저, 저기……."

"우리 회사는 중요한 자리를 두고 지각하는 지원자 따윈 필요 없습니다. 잘 알고 있으리라 생각합니다만?"

"그, 그러니까……."

당황하기 시작하는 대민.

덩달아 지각의 원인을 제공한 201번도 초조한 눈초리로 면접관들을 바라본다.

본래 면접이라 함은 주눅 들지 않고 당당하게, 그리고 자신감이 넘치는 태도로 일관해야 한다.

게다가 성별이 특히나 '남성'이라면 더더욱 자신감을 어필할 필요가 있다.

그러나 이들은 지각이라는 커다란 잘못을 저지르고 말았다.

그렇기에 자연스럽게 면접관들 앞에서 위축될 수밖에 없었다.

'위험하군.'

고작 3명에 불과한 면접관들이지만, 이들은 한 개 부대급과 같은 어마어마한 병력들을 자랑하고 있었다.

거대한 방패병을 필두로 뒤에 창병, 그리고 궁수들에 서포터까지.

말 그대로 무적의 부대를 상대로 고작 딸랑 검 하나 든 지원자들은 이 부대를 격파해야 한다.

하지만 현재 대민과 민철, 그리고 201번 지원자들의 손에 들린 것은 바로 녹슬어 버린 검이다.

저 무적의 부대를 격파하기 위해서는 녹슨 검을 버리고 전설의 명검을 손에 쥘 필요가 있다.

"지각해서 정말 죄송합니다. 엄연히 저희의 실수임을 인정합니다. 부디 면접관분들에게 양해를 부탁드리겠습니다."

"……."

민철이 대민을 대신해서 먼저 앞장선다.

우선 굳게 방어하고 있는 방패병부터 처리해야 한다.

녹슬어 버린 검을 점점 명검으로 만들어간다.

그에 필요한 것이 바로 민철의 역할이다.

"왜 지각했는지에 대한 이유는 말하지 않는군."

차 실장이 차가운 눈초리로 묻는다.

지각에 대한 이유를 묻는 것이다.

"잠시 화장실에 갔던 지원자를 찾아 데려오기 위해 늦었습니다."

"그렇다면 어째서 사과할 때 지각한 이유에 대해 말하지 않았습니까? 안내원에게 들은 바로는, 201번 지원자가 화장실에서 돌아오지 않아 200번 지원자와 205번 지원자가 찾으러 갔다고 들었습니다만."

"지각에 대해 그 이유를 장황하게 늘어놓아 봤자 이미 지각이라는 결과가 나온 시점부터 그 어떠한 말을 해도 결국 '핑계' 밖에 되지 않습니다. 그렇기 때문에 우선은 먼저 사과를 하는 게 순번으로 맞다고 생각했습니다. 죄송합니다."

"……."

잘못을 저지르는 순간, 이미 이들은 상대방에게는 약점을 잡히게 된 꼴이다.

그 약점을 메꾸기 위한 방도로 선택할 수 있는 방법은 크게 두 가지가 있다.

이유를 먼저 대느냐, 아니면 사과를 먼저 하느냐.

하지만 이유를 대봤자 이미 약점을 잡히게 된 순간부터 이들의 모든 행동이 상급자에게는 밉상으로 찍힐 수 있다.

즉, 그 이유는 '핑계' 라는 것밖에 되지 않는다.

그렇다면 우선 사과를 한다.

게다가 상대방이 상급자, 그리고 자신이 하급자라면 더더욱 이유를 먼저 대는 것보다 사과를 우선적으로 하는 게 더 효율적이다.

정중하게, 그리고 진심을 담긴 사과 후에 이유를 설명한다.

그러자 예상외의 지원사격이 민철의 등 뒤에서 쏟아지기 시작한다.

"205번 지원자 말이 틀리지 않다고 생각합니다."

민법 교수와의 인맥을 통한 지원부대, 황 부장의 궁수 부대가 민철의 든든한 지원군을 자처해 무수한 화살들을 상대편에게 쏘아 보낸다.

쏴아아아아!!

화살비가 하늘을 수놓을 정도로 어마어마한 영향력을 행사한다.

황 부장의 지원사격까지 더해지자, 민철이 들고 있던 녹슨 검이 콰지직! 금이 가며 표면이 벗겨지기 시작한다.

그와 동시에 빛을 발하는 한 자루의 검!

'감사합니다, 황 부장님!'

속으로 편을 들어준 황 부장에 대해 고마움을 표한 민철이 업그레이드된 검을 들고 차 실장의 방패병들을 향해 돌진한다.

한 번에 베어버린다!

지각으로 인해 받은 대미지를 이번에 만회한다!

그 생각으로 쥐고 있던 검을 크게 횡으로 휘두른다.

후우웅!!

거대하게 상승한 검기(劍氣)가 방패병들을 무수히 쓸어 담
듯 베어 넘기기 시작한다.

산산이 조각나기 시작하는 방패병들의 철갑들.

지각이라는 패널티를 없애기 위해서는 적어도 저 방패병
들을 무력화시켜야 한다.

민철의 선두 공격과 황 부장의 지원사격이 빛을 보기 시작
한 것일까.

"…지각에 대해서는 명백히 자신의 잘못을 인정하는 그 태
도에 대해선 나도 뭐라 이견이 없군……. 하지만 다음부터는
이런 눈감아주기식은 없는 줄 아세요."

"감사합니다. 베풀어주신 아량에 보답하고자 이번 면접에
최선을 다하겠습니다!"

차 실장의 충고 아닌 충고에 마지막으로 가벼운 포부까지
밝힌다.

소년이여, 야망을 가져라!(Boys, be ambitious!)

물론, 소년이라 불릴 만큼 나이가 젊은 건 아니지만 말이
다.

"자, 그럼 본격적으로 면접을 시작해 볼까요?"

딱딱한 분위기를 누그러뜨리기 위해 같은 인사팀에서 온

오태환, 즉 오 팀장이 빙그레 웃으며 말한다.

　면접은 순차적으로 200번 지원자인 대민을 시작으로 해서 205번까지 진행되었다.

　204번과의 면담이 끝날 시점, 드디어 대망의 205번인 이민철의 차례가 다가온다.

　"이민철 씨는… 소수대학교 출신이군요."

　"예, 그렇습니다."

　"그렇다면 황 부장님과 선후배 되는 사이네요."

　차 실장이 황 부장과 민철을 번갈아 본다.

　황 부장이 민철을 옹호하는 순간부터 차 실장은 이 둘의 출신지를 유심히 바라볼 수밖에 없었다.

　팔은 안으로 굽는다 했던가.

　같은 학교 출신을 만나면 자연스럽게 더 눈길이 가는 건 지극히 당연하다.

　차 실장도 그 점을 충분히 납득하고 있기에 황 부장의 옹호에 대해 뭐라 말을 하진 않는다.

　인맥을 활용하는 게 결코 불법은 아니다.

　다만, 불공평할 뿐.

　하지만 그 불공평함을 잘 이용한다면 더할 나위 없는 최상의 명검이 만들어지게 된다.

지금 민철이 손에 쥐고 있는 검기 들린 검처럼 말이다.

"소수대학교 법대 재학 중. 토익은 990점 만점… 제법이 군."

차 실장이 민철의 이력을 유심히 살펴본다.

그동안, 민철은 3명의 면접관들을 관찰하고 있었다.

면접관들이 대민을 시작으로 지원자들을 한 명씩 면담할 때마다 민철은 알게 모르게 면접관들끼리 서열이 정해져 있다는 걸 알 수 있었다.

우선 인사팀인 차 실장과 실무직 대표로 나온 황 부장은 서로 동급의 파워를 지니고 있다 해도 과언이 아니다.

물론 그 파워란 것이 면접에 얼마만큼 자신의 의견이 반영되는지에 대한 기준일 뿐, 실제 회사에서 휘두를 수 있는 권력의 척도를 나타내는 건 아니다.

그리고 나머지 인물인 오 팀장.

이 사람은 그다지 영향력이 없어 보인다.

인사팀에서 나오긴 했지만, 같은 인사팀에서 나온 차 실장의 그늘에 가려져 그저 딱딱한 면접 분위기를 좋게 순환시키는 역할을 맡고 있을 뿐이다.

세 명의 남성 면접관들의 서열을 파악한 민철은 자신이 쥐고 있는 검의 끝이 어디로 향할지 정한다.

황 부장은 우선 자신의 편을 들어줄 것이다. 민법 교수와의 인맥이 이럴 때 힘을 발휘하고 있기 때문이다.

그렇다면 남은 인물은 바로……!

'차 실장을 공략한다!'

민철의 표적이 정해지는 순간이었다.

* * *

차 실장을 공략한다!

그게 바로 이번에 민철이 세운 최고의 공략 방법이다.

"차 실장님. 여기 보세요."

오 팀장이 민철의 이력서를 보던 중 놀라운 점 하나를 발견했는지 손가락으로 어느 한 부분을 가리킨다.

시선을 돌려 그곳을 바라보던 차 실장의 동공이 크게 확장된다.

"NET 만점자……."

"예, 그렇습니다."

민철이 어깨를 펴며 당당하게 말한다.

곁에 있던 황 부장도 사뭇 놀란 눈초리로 민철을 다시 본다.

물론 황 부장 역시도 NET 만점자 출신으로 그 시험이 얼마나 어려운지 아주 잘 알고 있다.

게다가 서울대, 연고대도 아니고 이름도 알려지지 않은 소수대학교 출신이 만점자라니.

"믿을 수가 없군……."

차 실장이 옅은 침음성을 내뱉는다.

NET는 입사 시험뿐만 아니라 청진그룹 내부에서 일하고 있는 근로자들은 전부 주기적으로 NET 시험을 매번 보게 되어 있다.

그렇기 때문에 차 실장은 NET 만점이 얼마나 대단한 업적인지 아주 잘 알고 있다.

이게 바로 민철이 마련한 필살의 무기!

더욱이 이 무기에 강력함을 더해주는 요소가 따로 있었다.

"이번 분기 유일무이한 만점자군요."

"하하, 그런 거 같습니다."

차 실장의 물음에 민철이 슬쩍 미소를 지으며 대답한다.

이미 차 실장의 방패병들은 민철의 검기 앞에 무력화가 되었다.

이제 남은 건 바로 수뇌부, 차 실장의 심장에 민철의 검을 꽂아 넣는 일뿐!

"하지만."

곱게 물러설 차 실장이 아니다.

수많은 병력들을 이끌던 대장군이 쉽사리 자신의 패배를

허락할 리가 없다.

차 실장 역시 허리춤에 꼽혀 있던 검을 빼어 든다. 그 검의
날 역시 매우 날카롭기 그지없었다.

"잊지 마시길. 우리는 실무진입니다. 실무에서 형식적인
영어 테스트 점수가 통한다고 생각합니까? 일을 잘하고 못하
고는 단지 시험 성적으로 정해지지 않습니다. 실제로 성적이
좋다와 일을 잘한다는 건 비례관계가 아니니까요."

차 실장의 검이 매섭게 민철의 옆구리를 노리며 휘둘러진다.

설마 했던 민철.

NET 만점이라는 어마어마한 스펙에 태클을 걸어올 줄은
그 역시 몰랐다.

역시 인사팀 소속 실장다운 면모라고 할까.

그러나 민철 역시 가만히 당하고 있지는 않았다.

"저 역시 단순히 영어 점수가 실무를 얼마나 잘 소화할 수
있을지 없을지에 대해 절대적인 기준이나 척도가 된다고 생
각하지 않습니다."

"같은 생각을 가지고 있군요."

"하지만 상대적인 척도는 될 수 있다고 생각합니다. 다른
지원자들에 비해 얼마나 열의를 가지고 이 회사에 입사 지원
을 하게 되었는지에 대한 그 신념이 점수를 통해 반영되었다
고 봅니다."

까가강!!

옆구리로 날아가는 공격을 응시하고 있던 민철이 자신의 검을 세로로 세우며 방어한다.

날카로운 금속의 충돌음이 마치 차 실장과 민철의 귓가를 자극하는 듯한 기분을 선사한다.

아니, 이 자리에 있던 모두가 그렇게 생각하고 있었다.

이민철과 차 실장의 정면 대결!

절대로 물러설 수 없는 일기토였다.

"상대적인 기준이라… 하지만 합격 기준선은 420점만 넘어도 합격으로 인정됩니다. 굳이 만점을 노릴 이유가 있었습니까?"

"소수대학교는 서울대, 그리고 연고대에 비해 그다지 알려지지 않은 인지도 낮은 대학교입니다. 서울대생, 그리고 연고대생들과 겨뤄 저 역시 부족하지 않은 인재임을 나타내기 위해서는 일종의 '증거'가 필요했습니다."

"증거?"

"예, 실제로 저는 이번 분기 NET의 유일무이한 만점자입니다. 그 말이 무엇을 뜻하고 있는지는 면접관님께서도 잘 아실 겁니다."

차 실장, 아니 이 자리에 있는 고학력자들도 물론 잘 알고 있다.

이민철.

그는 NET 시험에서…….

고학력자들을 전부 자신의 영어 실력으로 짓눌러 버린 절대강자(絶對强者)다.

민철이 말했던 바로 그 '우수하다는 실력의 증명'이 NET 만점이라는 형태로 나타난 것이다.

"으음……."

스스슥.

뒤로 살짝 물러선 차 실장.

검을 거두며 민철의 행태를 응시한다.

녀석은 결코 만만한 상대가 아니다.

고작 면접 지원자임에도 불구하고… 계급 차가 분명히 남에도 불구하고 녀석의 기세는 가히 맹수의 그것과도 같다.

어쩌면…….

차 실장은 자신의 패배를 직감하고 있을지도 모른다.

'마무리를 해야 한다!'

민철이 검날을 세운다.

오래 끌어봤자 좋을 게 없다.

슬슬 끝을 보는 게 나으리라 판단한 민철이 빠르게 차 실장을 향해 지면을 박차며 돌진한다!

그러나 차 실장의 반격은 아직 끝나지 않았다.

"능력의 증명이라 해도, 분명 비(非)서울대, 연고대 출신이라는 사실은 걸림돌이 될 것입니다. 만약 지원자가 그렇게 머리가 좋다면, 어째서 서울대에 들어가지 못했습니까?"

"면접관님께서 말씀하셨던 말을 제가 한번 인용해 보겠습니다. 시험은 고작 시험일 뿐, 실무 일을 잘하고 못하고의 절대적인 기준의 척도가 되지 못합니다. 그렇다면 '수능 시험' 역시 마찬가지 아닐까요?"

민철의 검 끝이 차 실장의 심장 바로 앞까지 다가온다.

"수능 시험 성적은 나쁘지만, NET 성적은 좋다… 이 말로 저를 설득할 수 있습니까?"

"물론입니다."

자신감이 담긴 미소로 마지막 일격을 가한다.

"5—6년 전에 시험 성적이 좋았던 이와 현재 시험 성적이 좋은 이. 면접관님은 둘을 놓고 누구를 선택하시겠습니까?"

푸우욱!

민철의 칼이 결국 차 실장의 심장을 관통한다.

물어볼 필요도 없다.

당연 후자를 택한다는 건 면접관뿐만 아니라 지원자들 또한 충분히 알고 있는 사실이다.

"…알겠습니다."

차 실장의 패배!

한낮 면접지원자에 불과한 민철은 가뿐하게 차 실장에게 승리를 따낼 수 있었다.

"이야! 민철 씨, 진짜 굉장했습니다! 완전 나이스였다구요!"

대민이 입에 침이 마르도록 민철을 칭찬하기 시작한다.

세상에, 어느 누가 지원자의 신분으로 면접관에게 깔끔한 칼침을 놓으리라 생각했겠는가.

"아닙니다. 그나저나 대민 씨도 합격하면 좋겠군요."

"하하, 저야 뭐… 그것보다 면접도 끝났는데 한잔하러 갈 까요?"

술잔을 기울이는 모션을 취하는 대민이었지만, 민철은 고개를 절레절레 흔든다.

"같이 온 일행이 있어서요. 먼저 가봐야 될 거 같습니다."

"이거 아쉽군요."

머리를 긁적이는 대민.

그때, 이 둘을 향해 누군가가 다가온다.

"저기……."

201번 지원자가 울상이 된 표정으로 민철과 대민을 향해 허리를 숙인다.

"아까는… 정말 감사했습니다. 저 때문에 두 분 면접 보시 는데……."

"아닙니다, 서로 돕고 살아야지요."

민철은 괜찮다는 듯이 손사래를 친다.

얼핏 보면 선행에 불과할지 모른다.

그러나.

민철은 오히려 201번 지원자를 통해 더 많은 이득을 챙겨 간 것이다.

물론 그 사실을 대민과 201번 지원자는 알지 못했다.

집으로 향하던 길에 잠시 식사를 하기 위해 가게에 들른 민철과 수민.

그때 수민이 이해가 안 간다는 표정으로 묻는다.

"소식 들었다. 지각생 찾기 위해서 너도 면접에 늦었다며? 네 일화가 지원자들 사이에 일파만파 퍼졌다고."

"네, 뭐… 그런 일이 있었죠."

"그건 선행이 아니라 바보짓이다. 친한 사람도 아니고 처음 보는 타인을 위해 그렇게까지 할 이유가 있었어? 난 이해가 안 된다."

"형. 저는 선행을 베푼 게 아니에요. 작전을 짠 거죠."

"작전?"

"예."

차가운 냉수를 한 모금 들이켠 민철이 그때 당시의 일을 떠올리며 슬쩍 입꼬리를 올린다.

"1차 면접관들은 암살자들이에요."

"암살자?"

"네. 쥐도 새도 모르게 서울대, 연고대 출신이 아닌 자들을 제거하는 일종의 필터(Filter) 역할을 하는 게 이 암살자들이죠. 임원진들에게 우수한 지원자들을 올려 보내기 위해서는 우선 출신 학교를 보고 거를 거예요. 거기서 살아남을 수 있는 방법은 실로 간단하죠. 형, 암살을 방지할 수 있는 가장 큰 방패가 뭐라고 생각하세요?"

"경계 아니냐?"

"혼자만 두 눈을 시퍼렇게 뜨고 경계해 봤자 언젠가는 암살당할 게 분명해요. 사람인 이상 잠도 자야 하고, 방심도 할 수밖에 없으니까요. 하지만 말이죠. 다른 사람들의 시선을 자신에게 쏠리게 만든다면 어떻게 될까요?"

"…설마……."

"대중들의 시선을 이용하는 겁니다. 면접관들뿐만 아니라 지원자들에게 '저'라는 존재를 각인시키는 것이죠. 게다가 제 출신지는 소수대학교입니다. 필터라는 암살자들에게 남들도 눈치채지 못하게 살해당하지 않으려면 일부러 관심을 받을 필요가 있었어요."

"하지만 넌… 지각 요소는 마이너스잖아."

"형, 잊으셨어요? 전 NET 유일한 만점자예요."

분명 지각을 통한 관심 받기 방법은 분명 자폭 요소가 된다.

그러나 그 자폭을 방지하게 위한 보호막으로 민철은 NET 만점을 뽑았다.

"게다가 대놓고 완전히 지각한 것도 아니에요. 고작해야 30—40초 정도?"

"⋯⋯."

"기억해 두시는 게 좋아요, 형. 암살자는 말이죠, 몰래 대상을 척결하는 게 암살자예요. 하지만 대중들이 지켜보는 가운데에 암살을 시도할 수 있을까요? 그건 암살이라 할 수 없죠."

"지각과 NET 만점 요소를 서로 상쇄시키고, 더불어 다른 이들의 주목을 받으면서 1차 면접에서 어이없이 걸러지는 일이 없도록 모두의 시선을 모은다⋯⋯. 그게 전부 다 계획된 거였냐?"

"뭐⋯⋯."

다시 한 번 물 한 잔을 기울인 민철이 장난기 가득한 미소를 선보이며 대답한다.

"그냥 우연의 일치예요."

"⋯⋯."

과연 정말로 우연의 일치일까.

만약 민철이 이 모든 것을 계산하고 행동했다면……

타 지원자를 챙겨주는 선행자라는 좋은 이미지를 얻었을 뿐더러 1차 면접 합격이라는 수혜를 얻게 되는 셈이다.

오직 자신의 실력으로.

*   *   *

1차 면접을 마친 지 얼마 지나지 않은 상태에서 성진은 개인 차량을 운전하며 어느 한 장소에 도착한다.

카페 머메이드, 서울대 지점.

평소에는 젊은 서울대생의 열기로 가득 찬 시간대지만, 지금은 조금 한산함마저 느껴지고 있었다.

"어서 오세요."

제복을 입은 여성 종업원의 말을 무시하며 성진은 자신을 호출한 대상자를 바라본다.

깔끔하게 올백으로 머리를 뒤로 넘긴 중후한 남성이 성진을 응시한다.

"왔느냐."

"부르셨습니까? 아버지."

"면접 결과가 나왔다."

"……."

본래 면접 발표는 이틀 뒤로 잡혀 있다.

그러나 역시 청진그룹 부사장의 지위에 걸맞게 미리 그 발표를 따 온 것이다.

"합격이더구나."

"…감사합니다."

"하지만 너보다 더 관심을 받은 지원자가 있더군."

"……."

성진도 아주 잘 알고 있었다.

이번 분기 NET 유일무이한 만점자이자, 1차 면접 때 많은 사람들의 입에 화두로 오르락내리락했던 바로 그 인물.

"이민철입니까?"

"그렇다."

부사장이 마시던 커피 잔을 내려놓으며 말한다.

"완벽주의자인 너보다도 더 우수한 실력으로 면접을 통과한 자가 있을 줄은 몰랐다."

비아냥거리는 듯한 말투에 성진의 심기가 상당히 불편해졌지만, 애써 티는 내지 않는다.

남성진.

그는 이민철이라는 또 다른 경쟁자에게 NET뿐만 아니라 1차 면접에서도 패배하고 말았다.

"2차 면접 때는… 제가 이길 겁니다."

성진은 그렇게 만나본 적도 없는 민철에게 이를 바득 갈며 복수를 맹세한다.

집에 도착한 한 통의 우편을 받은 민철.

청진그룹 1차 면접 결과 통보를 담은 봉투를 개봉한다.

그 결과는……

"뻔하지."

합격(合格).

두말할 필요도 없이 합격점을 받은 민철은 다음 2차 면접에 대한 안내서를 읽어본다.

"자, 이제 어떤 공략을 세워야 하나."

제4장

남자, 취업전선을 향하다!

가볍게 1차 면접을 통과한 민철.

그것도 면접 성적상 최상위라는 명예를 누리게 되었다.

NET 만점과는 별개로 면접을 볼 때 사실상 참석을 늦게 했음에도 불구하고, 서울대생과 연고대생들을 누르고 당당히 1위라는 우수한 성적으로 실무진의 마음을 사로잡았다는 평가는 민철에게도 여러모로 이점으로 작용하고 있었다.

"1등 오빠!"

학교 도서관에서 나오는 민철을 향해 혜진이 부른 별명이다.

요즘 부쩍 민철에게 1등 오빠라는 별명을 억지로 밀어붙이려는 듯이 계속 언급하고 있었기에 민철은 그저 어색하게 웃을 뿐이었다.

"남 들을까 부끄럽다. 그만해라."

"그래도 1등은 1등이잖아요. 요즘 오빠 덕분에 우리 학교가 난리 난 거 아세요?"

"음… 글쎄다."

"모른 척하시긴. 우리 학교의 자랑거리라고 막 플래카드도 걸리고 그렇잖아요."

아직 합격도 안 했는데 소수대학교는 벌써부터 민철을 후원하기 위해 장학금을 줌과 동시에 법대 건물에는 1차 면접 수석 합격이라는 타이틀까지 달아 플래카드를 걸어뒀다.

물론 고작해야 1차 면접이지만 다른 회사의 면접에 비해 청진그룹의 1차 면접 통과자라는 수식어는 그 파급력이 어마어마하다.

청진그룹 1차 면접 통과자라는 소리는, 웬만한 중소기업 혹은 강소기업이 탐낼 정도의 인재라는 뜻이다.

1차 면접 수석 합격이라는 타이틀을 얻게 된 순간 민철은 어느 회사를 지원해도 면접관들을 감동시킬 수 있는 이력을 손에 쥔 것이다.

그러나 그건 민철이 다른 회사에 지원할 때의 이야기일 뿐이다.

그에게는 오로지 청진그룹만이 성에 찰 뿐이었다.

수수께끼의 고차원 존재와의 내기.

그리고 신과의 만남을 성사시키기 위해서는 웬만한 자본 그룹으로는 어림도 없다.

적어도 글로벌 대기업의 총수 정도는 되어야 하지 않을까.

'우선은 돈이다. 돈 이후에 권력, 그리고 이 세계 전부를 손에 넣겠다.'

자본주의의 정점에 서기 위해 민철은 그렇게 청진그룹 입사에 대한 포부를 다진다.

학교 강의실에 들어서자마자 주변으로부터 싸늘한 시선이 느껴진다.

하지만 예전과 변한 점이 있다면 조금은 민철을 다르게 보는 시선들도 더러 존재한다는 것이다.

같은 학과 학생이라 하더라도 민철을 싫어하는 사람이 있는 반면, 민철의 능력을 인정하는 무리들도 더러 존재한다는 뜻이 아닐까.

"민철아."

수수한 인상의 남자 한 명이 민철에게 다가온다.

분명 민철이 기억하고 있는 바로는, 수석과 차석 바로 밑인 3등의 성적을 유지하고 있는 김진태라는 남학생이다.

"혹시 우리 쪽 스터디에 들어올 생각 없어?"

"스터디?"

"응. 기왕이면 같은 학과 학생들끼리 모여서 취업 스터디를 꾸리는 게 좋다고 생각해서 말이야."

"미안하지만 난 이미 소속된 스터디가 있는데."

"그, 그래? 아쉽네……."

머쓱한 듯 머리를 긁적이는 진태를 보더니 민철이 피식 웃으면서 말한다.

"그래도 같이 모여서 공부할 때가 있으면 언제든지 불러 줘. 전공과목 공부는 같은 학과 애들이랑 하는 게 더 편하니까."

"고, 고마워! 분명 도움이 될 거야!"

대부분 왕따가 존재하는 학급에는 크게 세 부류의 인간 형태로 나뉜다.

우선 첫 번째.

왕따를 당하는 아이.

그리고 두 번째.

왕따를 시키는 아이.

그리고 세 번째.

어느 쪽에도 소속되지 않고 그저 상황을 지켜보기만 하는 방관자.

진태 역시 방관자 그룹에 속하는 인물이기도 했었다.

방관자에 속하는 이들의 대부분은 왕따를 도와주면 나도 똑같이 아웃사이더 취급을 당할 수 있다는 두려움에 지배당하고 있다.

공포.

인간을 지배할 수 있는 가장 효율적인 수단이다.

그 공포로 인해 이들은 어쩔 수 없이 방관자로 들어서게 된다.

아싸가 이들을 자신의 편으로 만들기 위해서는 본인의 능력을 보여주면 된다.

생각과 다르게 뛰어난 능력을 가진 것을 보여주게 되면 자연스럽게 민철을 다시 보게 되는 이들이 생겨나게 된다.

민철은 영원히 아싸를 할 생각이 없다.

화술의 달인이 군중에게 고립되면 무슨 소용이겠는가.

'나만의 군중을 만들면 된다.'

민철의 파급력은 이미 법대 전체로 퍼지기 시작했다.

강의를 마치고 민법 교수를 찾아간 민철.

똑똑.

"들어오게."

민법 교수의 출입 허가를 담은 말소리와 동시에 민철이 슬쩍 연구실의 문을 연다.

무수한 전공서적들 사이에 앉아 있던 민법 교수가 민철을 보더니 반갑게 자리에서 일어선다.

"오, 민철이 아닌가."

"죄송합니다, 교수님. 본래대로라면 1차에 합격하자마자 바로 찾아뵈었어야 했는데……."

"아닐세. 그보다도 합격 축하하네. 하하! 내가 살짝 고수 녀석에게 귀띔을 해준 보람이 있구만!"

"교수님 덕분에 1차 면접은 쉽게 치를 수 있었습니다."

"내가 무슨… 자네가 다른 면접관들의 마음을 사로잡은 탓에 수석 합격이 된 것뿐이지. 인맥도 능력이네. 그걸 명심하도록."

"예, 가슴에 새기도록 하겠습니다."

실제로 민법 교수를 통한 인맥 작전은 매우 유용했다.

1차 실무진 면접관 3명 중 1명인 황고수가 자신의 편에 서서 다른 면접관 2명과 같이 싸워줬기 때문이다.

기습이라 함은 본래 같은 편인 줄 알았던 아군에게 배신당할 때가 가장 치명적인 효율을 자랑한다.

차 실장은 결국 민철과 싸운 게 아니라 민철의 뒤에서 아낌없는 지원을 보낸 황 부장의 단칼에 패배한 셈이다.

"자네의 활약 덕분에 우리 학과 평가가 아주 기하급수적으로 올라갔어! 고수 녀석이 입사할 때의 그 기세 이후로 침체기였는데 말이지. 다른 교수들도 자네를 보고 싶어 하더군."

"감사합니다."

"그나저나… 다른 학생들은 괜찮은가?"

민법 교수도 민철의 존재를 알게 된 순간부터 그가 학과에서 따돌림 비스무리한 것을 당하고 있다는 사실을 눈치챘다.

민철에게 추천서를 주려고 한 순간부터 대놓고 항의의 의사를 나타낸 학생회를 비롯해서 일부 민철을 싫어하는 무리가 있음을 직접적으로 체감했기 때문이다.

"괜찮습니다. 이번 면접 결과가 좋아서 그런지 저를 다르게 보는 이들도 속속들이 나오더군요."

"능력이 출중한 자에게는 사람도 따르는 법이지. 그보다 이렇게 만났으니 같이 밥이라도 먹지 않겠나? 곧 점심시간인데."

"예, 감사의 뜻으로 제가 사겠습니다."

"이 사람이 참… 그럼 제자가 사는 밥이라도 얻어먹어 볼까? 하하!"

민법 교수가 기분이 좋은 모양인지 연신 민철의 어깨를 토닥거려 준다.

소수대학교의 보물 같은 존재.

이민철이라는 남자는 그렇게 여러 군데에서 소문이 나고 있었다.

"흐음……."

민법 교수와 식사를 마치고 남은 공강 시간에 카페 머메이드로 발걸음을 옮긴 민철.

그를 보자마자 지점장이 별도로 시간을 할애해 따로 커피를 대접한다.

이윽고 민철이 가져온 2차 면접 안내서를 읽어보던 지점장이 단아하게 정돈된 긴 머리카락을 쓸어내린다.

"어렵겠네."

지점장의 한마디였다.

2차 면접 임원진 명단.

면접은 1차 실무진과 마찬가지로 3명이 보게 되어 있지만, 유독 그 3명 중 1명이 신경 쓰이는 지점장이었다.

"부사장이 2차 면접에 배치되어 있다니……."

3명의 면접관 중에서 이사, 상무를 제외하고 부사장보다 직급이 높은 인물은 없다.

즉, 면접관이 3명 있다 해도 실질적인 영향력의 행사 비율을 보면 부사장의 의견이 90% 이상 발휘된다는 뜻이다.

"일부러 이렇게 면접관을 배치한 건가?"

"글쎄요. 제가 부사장의 의도까지는 모르니까요."

"자신의 아들을 포함해서 아마 내적 친인척이 있으면 최종 면접으로 바로 올려 버리겠지. 이래서 싫다니까, 인맥 사회라는 건."

"하하, 지점장님이 저를 서류 전형에 통과시켜 줬는데 그런 말씀을 하시니까 이상하네요."

"민철 씨, 저번에 말했잖아. 내가 특별히 관심 있어서 도와준 거라고."

서류 전형에서 지점장이 힘을 발휘하지 않았다면 민철은 애초에 면접 자리… 아니, NET 시험을 볼 자격도 없었을 것이다.

모든 것은 지점장이 만들어준 초석(礎石) 덕분이다.

"그건 이성적으로 좋아한다는 말인가요?"

민철이 능글맞은 미소를 지으며 직접적으로 묻는다.

그러자 지점장이 눈을 흘기며 빨대를 살짝 깨문다.

"…알아서 생각해."

여자의 마음을 알아차리지 못하는 남자는 이런 식으로 여자에게 퉁명스러운 말투를 들을 수 있다.

그러나 민철은 예외 케이스다.

이미 그는 지점장이 자신에게 어느 정도 마음이 있음을 알고 있었다.

정신연령으로 따지면 민철이 지점장보다 훨씬 웃돌지만, 현재 실질적인 신체적 나이를 고려하면 지점장이 민철보다 대략 5살 정도 연상이다.

"어쨌든 2차는 어떻게 할 거야?"

지점장이 화두를 돌리며 묻는다.

1차 실무진이라는 암살자들을 피했지만, 이제 2차 면접에서는 중간 보스 격인 존재와 마주해야 한다.

기가 막힌 연출로 실무진의 마음을 사로잡은 민철에게 있어서 2차 면접은 말 그대로 실력을 통해 정면으로 승부할 필요성이 있다.

그러나 부사장의 존재가 그의 신경을 거슬리고 있었다.

"민철 씨, 그거 알아? 부사장의 아들은 완벽주의자라고 하더라."

"완벽주의자?"

"언제나 1등을 추구하는 완벽주의자라고 들었어. 그런데 민철 씨가 NET 만점과 1차 수석 합격을 거머쥐었잖아? 그게 부사장의 아들에게는 못마땅하게 느껴질 수도 있어."

"흠, 그럴지도 모르겠군요."

시험 만점과 수석 합격이 오히려 단점으로 작용할 수도 있다.

그 사실 때문에 지점장은 민철의 2차 면접을 걱정하고 있었던 것이다.

"부사장의 마음에 들지 않으면 모든 게 끝이야. 그런데 민철

씨는 이미 부사장의 눈 밖에 난 사람이라고. 어떻게 할 거야?'

상황은 그다지 좋지 않다.

물론 모든 게 추측성이긴 하지만, 이 가설에는 꽤나 많은 신빙성이 존재한다.

그러나 민철은 오히려 여유롭게 웃으며 대답할 뿐이었다.

"어떻게든 되겠죠."

"하아… 여유만만이네, 민철 씨는."

"긍정적인 사고방식이 희망찬 내일을 만들어가니까요."

"그건 도대체 어느 공익광고에 나오는 문구야?"

"비밀이에요."

지점장의 걱정은 실로 고맙긴 하지만.

민철은 그런 지점장의 걱정이 쓸모없는 일이라고 생각하고 있었다.

말로 행하는 전쟁에서 그가 패배한 적은 없었기 때문이다.

스터디 그룹 모임.

도서관의 작은 테이블에 모인 이들 중 수민이 세상 다 산 표정으로 나지막이 말한다.

"겨우 합격했어……."

"축하해요, 형."

"이야, 수민 오빠, 기적을 경험했네!"

혜진의 짓궂은 농담이었지만 수민은 말 그대로 1차 면접 결과를 통보받기 전까지는 잠도 못 이룰 정도로 초조한 나날을 보내왔다.

"추천서의 힘이라고 해야 하나. 내가 1차에 합격하다니 진짜 꿈만 같다니까."

"꿈이 아니라 현실이에요."

정신 차리라는 의미로 혜진이 수민의 옆구리를 살짝 꼬집는다.

이것으로 소수대학교는 2명의 1차 합격자를 배출하게 되었다.

하지만 본격적인 면접 전쟁은 이제 시작일 뿐이다.

*　　　*　　　*

청진그룹 2차 면접을 얼마 남기지 않은 일상 속에서 인사팀 실무진 중 한 명을 맡고 있는 차 실장이 기자에게 가볍게 악수를 건넨다.

"처음 뵙겠습니다. 청진그룹 인사팀 차원소 실장이라 합니다."

"신라일보 최서인 기자입니다. 이쪽은 제가 데리고 다니는 인턴이지요."

중년 남성이 손으로 옆에 있던 젊은 기자를 가리키며 차 실장에게 소개시켜 준다.

긴장된 표정으로 허리를 꾸벅 숙이는 여성.

"이세희라고 합니다. 잘 부탁드립니다."

"하하, 잘 부탁드리겠습니다."

서로 명함을 교환한 뒤 제법 큰 휴게실 안으로 장소를 옮긴 이들.

익숙한 듯 최 기자가 노트북을 꺼내며 곧바로 본론으로 들어간다.

"세간에 큰 주목을 받고 있는 청진그룹 공채가 이제 드디어 막바지라고 할 수 있는 2차 면접에 접어들었는데요. 차 실장님은 실제 1차 면접에 면접관으로 참가하시지 않았습니까?"

"그렇죠."

"이번에 통과한 지원자가 400명 중 대략 150명 정도 된다고 들었습니다만… 최후의 탑 10 안에 들기 위해서는 2차에서 몇 명 정도가 추슬러질 거라고 예상하십니까?"

"글쎄요. 부사장님의 의견에 따라 달라지겠죠. 150명 전원이 통과할 수도 있고, 10명이 통과할 수도 있고요."

"청진그룹 부사장님께서는 제법 깐깐하기로 소문이 난 경영인이라고 들었습니다만. 인사 관련 업무에도 그런 성향이 보이는 건가요?"

"저도 나름 인사팀에서는 군기 반장이라는 소리를 듣지만, 부사장님 앞에서는 어깨도 못 펼 정도입니다. 하하."

"그렇군요."

최 기자의 질문과 차 실장의 답변.

옆에서 열심히 취재 기록에 집중하고 있던 이 기자가 대뜸 질문을 던진다.

"혹시 눈여겨보신 지원자가 있나요?"

"음… 두 명 정도 있군요. 한 명은 남성진이라는 친구인데… 이 친구가 제법 싹싹하더라고요. 학교 성적도 좋고, 성격도 완벽주의자다 보니까 일도 잘할 거 같습니다."

남성진이 부사장의 아들이란 사실은 인사팀, 그리고 고위 간부를 제외하고는 비밀로 부쳐진 상태다.

물론 최 기자가 남성진의 정체를 아는지 모르는지에 대해 차 실장으로서는 알 방도가 없었다.

"그리고 남은 한 인물은… 조금 특이한 지원자더라고요."

"특이한 지원자요?"

"이민철이라는 친구인데… 이 친구의 2차 면접 결과는 개인적으로 기대가 큽니다."

남성진이 부사장의 아들이라는 정보를 차 실장은 미리 알고 있었다.

그렇기 때문에 완벽주의자인 남성진이 민철을 상당히 견제하고 있다는 점 역시도 숙지하고 있는 바.

그럼 결국 이민철은 출발부터 불리한 스타트를 하게 된 셈인데 과연 그가 또 어떤 기책으로 2차 면접을 극복할 수 있을지 궁금할 정도였다.

"이번 2차 면접은 재미있는 지원자들이 많더군요. 기자님들도 기대하셔도 좋을 겁니다."

의미심장한 차 실장의 말에 기자들은 애매모호한 표정을 지을 수밖에 없었다.

*   *   *

청진그룹에서 현재 가장 필요한 인재는 바로 그룹 자체를 그대로 승계받을 수 있는 뛰어난 인재다.

부사장이 본래 그 역할을 할 수 있었지만 한경배 회장의 노파심인지 아니면 변덕인지 몰라도 부사장은 한경배가 자신에게 아직까지 회사를 물려줄 마음이 없다는 말을 직접 들은 적이 있다.

"…고집 있는 노친네라니까."

옛 기억이 떠오른 모양인지 부사장이 넓은 사무실 한 가운데에 혼자만의 시간을 가진 채 앞으로의 일을 계획해 본다.

현재 한경배 회장의 직계 혈손이라 할 수 있는 인물은 아직 젊은 축에 속하는 손녀딸 한 명밖에 없다.

나머지는 친인척뿐. 그 친인척은 전부 부사장인 본인의 편을 들어주고 있었다.

능력도 출중하고 인맥도 뛰어나다.

유일하게 그를 인정하지 않는 인물은 바로 한경배 회장뿐이다.

그렇기 때문에 부사장은 한경배 회장이 인정할 수 있을 만한 인물을 자신의 손으로 길러내고 싶었다.

그게 바로 남성진.

자신의 아들이다.

완벽주의자인 데다가 순수하게 실력도 출중하다. 굳이 부사장이 남성진의 뒤를 봐주지 않아도 충분히 입사할 만큼의 실력을 지니고 있을 정도다. 그라면 충분히 한경배 회장의 눈에 들어오지 않을까라는 희망을 가지고 있다.

그래서 가급적이면 부사장 역시 남성진이 이번 공채를 통해 회사에 완벽하게 수석으로 입사하기만을 바라고 있다.

하지만 세상일은 마음대로 흘러가지 않는다 했던가.

"이민철… 예상외의 복병이야."

순탄하게 청진그룹 입사라는 길을 향해 진군하던 부사장의 군부대가 예상치도 못한 복병의 습격을 맞이하고 말았다.

그게 바로 이민철이라는 인물의 존재였다.

"녀석은 2차 때 탈락시키는 게 좋겠어."

NET 만점자라 하더라도 탈락시킬 수 있는 구실은 많이 있다.

우선 가장 큰 마이너스 요소가 바로 소수대학교라는 인지도가 떨어지는 학교 출신이라는 점.

유학 경험도 없을뿐더러 심지어 경력자도 아니다.

완전 초짜 신입인 그가 내세울 수 있는 장점은 NET 만점하나뿐이다.

인사팀의 보고에 의하면 영업 1팀 부장직을 맡고 있는 황고수의 후배라고 들었지만 그래 봤자 황고수 역시 실무진일 뿐이다.

임원진까지는 그의 영향력이 미치지 않는다.

심지어 자신은 부사장이 아닌가. 서열로 따지면 한경배 회장만큼의 인물이 아니라면 그 누구도 자신을 막을 수 없다.

그렇기 때문에 일부러 2차 면접은 자신보다 직급이 낮은 이사와 상무를 배치한 것이다.

"이번으로 끝내야겠어."

부사장의 입꼬리가 슬쩍 올라간다.

청진그룹.

이 거대한 자본 덩어리가 머지않아 자신의 손에 들어올 수도 있다는 생각에 절로 웃음이 지어지고 있었다.

* * *

끼이익.

검은 차량 한 대가 어느 한 복지시설에 주차한다.

부모에게 버림당하거나 혹은 부모를 잃은 고아들을 맡아 기르는 보육원.

그곳에 정차한 차량에서 운전자의 도움을 받아 땅에 발을 디딘 노인, 한경배가 보육원을 올려다본다.

"오랜만에 오는군."

"회장님, 이쪽입니다."

건장한 체격의 비서가 한경배를 이끌며 보육원 안으로 들어선다.

여기저기 뛰어놀고 있는 작은 아이들의 웃음.

이들의 활기찬 모습에 한경배 역시도 미소가 떠나지 않았다.

그때, 한경배의 모습을 보고 한 남성이 헐레벌떡 뛰어온다.

"형님! 오시면 오신다고 연락을 해주시지……."

50대 남성이 이마에 송골송골 맺힌 땀방울을 닦으면서 한경배를 맞이한다.

"잘 지냈나, 아우?"

"저야 너무 잘 지내서 탈이지요. 그간 별일 없으셨습니까, 형님?"

"나도 너무 잘 지내서 탈이네. 허허."

"그것보다 안으로 들어오시죠. 아직 바람이 참니다."

남성의 안내에 비서와 경배가 고아원 안으로 들어선다.

차를 내온 젊은 여성의 서비스에 감사의 표시로 살짝 고개를 끄덕이는 경배.

이윽고 남성이 넌지시 청진그룹의 근황에 대해 언급한다.

"뉴스 봤습니다. 형님께서 최종 면접을 직접 보신다고 하셨는데……."

"그렇게 되었다."

"본래 면접은 인사팀, 그리고 부사장에게 맡기지 않았습니까? 그런데 왜 이번에는 형님께서 면접에 참가하시는 겁니까?"

"너도 잘 알고 있잖냐. 요즘 녀석들이 너무 변했어. 돈에 지배당한… 아니, 오염당한 눈동자가 보기가 역겨워 내 직접 한번 파란을 일으키려 한다."

"…그렇군요."

처음에는 경배 밑에서 일하던 직원들도 전부 하나같이 젊은 날의 꿈을 위해 노력하던 청년들이었다.

그러나 점차적으로 회사가 성장하면서 돈의 유혹에 하나 둘씩 넘어가기 시작하더니 이제는 회사 경영권을 통째로 넘 겨받으려 한다.

"그래도 형님께서 영원히 청진그룹을 이끌 수는 없지 않습 니까? 하다못해 예지에게 물려주면……."

"아직 손녀딸은 너무 일러. 세상을 배워야 할 나이에 벌써 부터 그런 부담을 짊어지워 주기는 싫다."

기업은 돈만 있으면 되는 게 아니다.

참된 인재가 있어야 하는 법.

그 인재를 다시금 끌어모으기 위해 경배는 한 가지 승부수 를 띄우기로 했다.

그게 바로 자신이 직접 보기로 한 최종 면접.

그러나 밑의 임원진들이 경배의 뜻을 얌전히 보고만 있지 는 않을 것이다.

그래서 경배는 한 가지 장치를 더 만들어두기로 한다.

"네가 2차 면접 때 면접관으로 참가해 줬으면 한다만."

"저 말씀이십니까?"

"그래. 너라면 가능하다. 왜냐하면……."

경배의 시선이 남성을 지그시 응시한다.

"같이 청진그룹을 일으킨 동지 아니냐."

청진그룹 공동 창업자.

그리고 지금은 은퇴해 작은 복지시설을 운영하고 있는 서진구.

그가 한경배의 또 다른 와일드 카드가 될 것이다.

*　　*　　*

"…이 정도면 될까?"

지친 표정으로 넥타이를 고쳐 매는 수민에게 민철이 고개를 절레절레 흔든다.

"아직 끝나려면 멀었어요, 형."

"아… 엄청 빡세다. 생각보다 진짜 힘드네."

"면접이라는 게 다 그런 거죠. 그나저나 형, 도대체 어떻게 1차 면접을 통과한 거예요? 저랑 하고 있는 모의 면접에도 그렇게 긴장하고 있는데 말이죠."

"그러니까 기적이라고 했잖아. 평생 쓸 운 여기에 다 쓴 거 같아."

수민이 진심으로 고심 섞인 한숨을 내쉰다.

1차도 아니고 2차, 그것도 부사장 앞에서 직접 보는 면접이라 그런지 유독 모의 면접에서 보여주는 수민의 긴장도는 평소의 배였다.

2차 면접이 시작되기 전까지 민철은 수민과 같이 빈 강의실을 찾아다니며 이렇게 실제로 정장을 입고 서로 면접을 봐주고 있었다.

민철은 면접으로선 단연 톱이었기에 지금과 같은 모의 면접이 그다지 도움이 안 되고 있었지만 같은 스터디원인 수민에겐 큰 도움이 되었다.

"말을 할 때는 자신감 있게 하세요. 괜히 면접관 앞에서 쫄면 그게 더 감점 요소가 돼요."

"그, 그래?"

"가장 중요한 것은 자신감과 당당함이에요. 설사 모르는 질문이 나왔다 하더라도 괜히 주눅 들지 말고 솔직하게 모른다고 밝히고 다음부터 숙지하고 보완하겠다는 태도를 보여주면 돼요. 모르는 게 죄가 아니니까요. 사람인 이상 모르는 게 있는 건 지극히 당연한 겁니다."

게다가 심지어 어느 면접관들은 일부러 지원자들이 모를 법한 질문을 골라서 하는 경우도 더러 있다.

악의적으로 지원자를 괴롭히려는 게 아니라 만약 모르는 질문이 나왔을 때, 혹은 당황스러운 시추에이션을 던져 줬을 때 지원자가 얼마나 냉정하고 빠르게 대처하는지를 평가하기 위해서다.

민철이 들어간 면접실에는 다행스럽게도 그런 유의 면접관들이 없었지만, 일부 다른 면접실에서 면접을 봤던 지원자

들의 후기를 살펴보면 그런 유형의 면접관들이 꽤 있었다고
한다.

아마 수민은 재수가 좋게 그 면접관들을 피했나 보다.

한창 그렇게 민철에게 코치를 받고 있을 무렵, 수민의 스마
트폰이 진동을 울린다.

"잠깐 통화 좀 하고 올게."

"네, 다녀오세요."

복도로 나가 통화를 마치고 다시 강의실로 들어온 수민.

그의 표정은 아까와는 다르게 제법 상기되어 있었다.

"좋은 일이라도 있었나 보네요?"

"응, 이번에 출간한 첫 작품이 반응이 꽤나 괜찮다고 하나
봐. 그래서 연결권을 좀 더 길게 가자고 하네."

"오! 대박인데요?"

"하하, 그러게. 지금처럼 출판 시장이 점점 예전만 못해지
고 있는 상황에서 의외로 선전하고 있다고 편집부도 놀란 눈
치더라고. 자신감이 갑자기 무럭무럭 생긴다."

"그 태도 그대로 2차 면접에 응하세요. 그러면 될 겁니다."

"그래, 부족한 나 봐주느라 네가 고생이 많다. 2차 면접에
떨어져도 왠지 여한이 없을 정도라니까."

"그런 불길한 소리 하지 마세요, 형. 최선을 다하면 되는
거니까요."

2차 면접을 위해 한 걸음, 또 한 걸음 내딛기 시작하는 젊은이들.

그러나 민철은 여전히 고심이 많았다.

부사장을 격파하기 위한 신의 한 수.

그게 필요하다.

그 신의 한 수는 이렇게 수민과 모의 면접을 계속해서 반복한다 해도 발견되는 게 아니다.

중간 보스라 인식하고 있는 부사장이지만…….

어쩌면 중간 보스로 둔갑한 최종 보스가 될지도 모른다는 생각이 은근슬쩍 민철을 자극하기 시작한다.

*   *   *

차가운 날씨 속에도 쨍쨍하게 내려쬐는 땡볕.

그 아래에서 그을린 피부로 한창 삽과 곡괭이를 든 채 노가다에 전념하고 있는 한 청년이 이마에 송골송골 맺힌 땀방울을 닦아낸다.

"후우~"

뜨거운 숨결을 토해낸 청년이 수건으로 땀을 닦아내는 중에 근처에 있던 남성이 말을 걸어온다.

"대민아, 이제 슬슬 집에 들어가도 된다."

"그치만 아직 일이⋯⋯."

"괜찮아. 오늘은 일당 넉넉하게 줄 테니까 내일 있을 면접 준비 잘해라. 청진그룹 2차 면접이라며? 일생일대의 기회를 고작 푼돈 벌자고 날릴 순 없잖냐."

현장 공사 관리직을 맡고 있는 남성이 대민의 안전모를 가볍게 툭 쳐 준다.

남들에게는 푼돈으로 보일지도 모르지만 대민에게는 받는 일당 자체가 한 가족이 먹고 살아야 하는 생계와도 같다.

아버지는 돌아가시고 어머니는 가출한 이후 아무도 돌봐줄 이 없는 3남매를 할머니가 홀로 키워주셨다.

그에 보답하고자 대민은 대학교 학비와 생활비를 전부 홀로 책임지며 동시에 3개 이상의 아르바이트를 해왔다.

대입을 앞두고 있는 동생들에게는 자신과 같은 길을 걷게 하고 싶지 않다.

그 결심으로 지금까지 고된 생활고를 버텨왔다.

그리고 언젠가는.

돈을 많이 벌어 고생하신 할머니도 호강시켜 드리고 싶다.

"김대민."

그와 같이 일하고 있던 일용직 근로자들이 삼삼오오 모인다.

대표로 한 남성이 나와 대민에게 작은 봉투를 건넨다.

"이건⋯⋯."

"받아라. 우리가 조금씩 모아서 주는 용돈이니까."

"이, 이런 건 부담스럽……."

"괜찮다! 대신 청진그룹에 합격하면 우리 모르는 척하지 말기다. 알겠냐?"

"김대민 파이팅!!'

"힘내라, 넌 틀림없이 합격할 거다!"

동료이자 의지할 수 있는 든든한 존재들.

그들의 응원에 대민은 굳은 결심을 하며 주먹을 꽉 쥐어 보인다.

"…반드시 합격하고 오겠습니다!"

"이 정도면 되려나."

면접에 관한 책을 독파하고 있던 한 남성이 안경을 닦으며 탁자 위의 거울을 바라본다.

다크서클이 내려앉아 없어질 생각을 하지 않는다.

그러나 이건 그에게 있어서는 일상에서는 다반사로 있는 일이다.

서울대 입학.

그때까지만 하더라도 201번 지원자이기도 했던 이영진은 자신이 최고인 줄 알았다.

주변에서도 영진을 엘리트로 받들어주는 게 당연지사였던

나날들.

그러나 서울대에 오는 순간 영진은 엘리트가 아닌 최하위 그룹으로 내려앉았다.

전국에는 그보다도 더 훨씬 월등한 영재들이 수두룩했던 것이다.

"이번에는… 실패하지 않겠어."

아슬아슬하게 붙은 면접인 만큼, 이번에는 실패하지 않으리라 다짐한 영진이 다시 한 번 안경을 쓰고 책을 붙잡는다.

한편.

넓은 원룸 안에 홀로 앉은 채 천장을 바라보던 남성진은 곰곰이 생각에 잠긴다.

쉽사리 통과할 줄 알았던 입사 계획이 벌써부터 삐걱거리기 시작한다.

남성진이 가장 싫어하는 단어가 있다.

바로 2등.

1등만 기억하는 사회에서 남성진은 1등이 당연히 자신의 자리인 줄 알았다.

그러나 어디서 튀어나왔는지도 모르는 잡것에게 1등을 두 번이나 내주고 말았다.

"체면이 말이 아니군."

근처에 있던 와인 잔을 다시 채운 뒤 한 모금 들이켠다.

붉은 와인이 마치 비릿한 피 냄새를 머금게 하는 착각마저 들게 한다.

"드디어 내일이다."

수민이 잔뜩 긴장한 표정으로 말하자 혜진이 키득키득 웃으면서 수민의 등을 짝! 후린다.

"긴장하지 마요, 오빠."

"아야야… 뭔 계집이 이라도 손맛이 매워?!"

"이게 다 오빠 정신 차리라고 하는 행동이라고요. 보세요, 민철 오빠는 평소와 똑같잖아요?"

혜진이 손가락으로 민철을 가리킨다.

그러나 민철은 어깨를 그저 으쓱일 뿐, 완전 반대되는 말을 한다.

"이래 보여도 나도 긴장하고 있어."

"오빠, 태평하게 거짓말하는 거 너무 티 난다고요."

"하하, 그러냐?"

"어쨌든 두 오빠들, 내일은 반드시 합격하세요! 이 기세로 최종 면접까지 가자구요!"

귀여운 여대생의 응원을 받으며 두 소수대학교 재학생들도 제각기 다짐을 하게 된다.

2차 면접을 앞둔 마지막 밤.

이들은 각자 그렇게 자신의 신념을 품은 채 2차 면접의 날을 맞이하게 된다.

카메라를 비롯해 기타 방송 장비들을 챙기고 있는 스태프들.

그사이 최서인은 세희와 함께 취재 일정을 설명하고 있었다.

"가급적이면 면접자들에게 너무 큰 자극 주지 말고. 방송 일도 방송 일이지만 어디까지나 오늘 있는 2차 면접은 취재가 주 목적이 아니야. 지원자들에게는 합격에 최우선시되는 거니까 부담스러우면 인터뷰는 하지 않아도 돼."

"예, 알겠어요."

"나중에 기록 영상을 따로 모아 다큐멘터리도 만들 계획이라고 하니까 좋은 영상 뽑아낼 수 있도록 해. 너도 이제 슬슬 부사수가 아니라 혼자서 취재 다니고 할 그런 위치 정도까진 올라서야지 않겠어?"

"…그런 게 부담 주는 거라고요."

세희가 샐쭉한 표정으로 서인에게 불만을 토로한다.

면접실의 촬영까지는 허가되지 않았지만, 대기실에서 지원자들과의 가벼운 인터뷰 정도는 허락되었기에 이들은 최소의 장비만으로 지원자들이 도달하기 전에 미리 대기실에 장비를 세팅하기 시작한다.

이들이 바쁘게 미리 일정을 소화하고 있을 무렵, 차 실장이 최 기자를 발견한다.

"오, 최 기자님. 다시 보니 반갑군요."

"하하, 차 실장님 아니십니까. 아무쪼록 오늘 촬영 잘 부탁드리겠습니다."

"여부가 있겠습니까."

청진그룹에서 취재를 허락한 이유는 별거 없다.

기업은 이미지가 생명이다.

청진그룹은 이렇게 체계적이고 엄격하게 인재들을 선별한다는 장면을 매스컴을 통해 비춰주는 것도 일종의 이미지 만들기 수단이라고 할 수 있다.

하지만 그렇다고 너무 깊게 취재를 허락해서는 안 된다.

그걸 감시하기 위해 일부러 차 실장이 시간을 내 취재진들과 동행하게 된 것이다.

여차하면 차 실장이 커트 선언을 할 수도 있다.

물론 차 실장의 오늘 역할이 무엇인지는 노련한 최 기자 또한 잘 알고 있었다.

"지원자들은 아직 안 왔습니까?"

"지방에 살고 있는 지원자들은 벌써 왔더군요."

차 실장에 말에 최 기자가 고개를 끄덕인다.

가급적이면 지원자들이 많을 때 인터뷰를 하는 게 그림상으로도 보기 좋을 거라 판단한 최 기자는 스태프들과 기자들을 모은다.

시간이 비는 사이에 다시 한 번 앞으로의 일정을 설명하는 듯하다.

그때, 차 실장의 스마트폰이 요란하게 진동을 울리기 시작한다.

"여보세요. 무슨 일이… 뭐?!"

놀란 차 실장이 황급하게 통화를 종료하고 회사 로비를 향해 뛰어간다.

"이런 빌어먹을… 설마 '그분' 께서 오실 줄이야!"

예상치 못한 네 번째 면접관의 출현에 차 실장은 적지 않게 당황하고 있었다.

사전에 통보도 없이 이렇게 기습적으로 오게 될 줄이야.

"…부사장님께서 아시면 엄청 화내시겠군."

차 실장은 쓴웃음을 내비치며 엘리베이터 버튼을 누른다.

"역시 크군."

민철이 손 그늘을 만들어 보이며 청진그룹 본사 빌딩을 올려다본다.

몇 층이나 될까.

수용 인원은 몇이나 될까.

그런 궁금증이 절로 일 정도로 어마어마한 규모를 자랑하는 빌딩의 외형은 실로 가관이었다.

"1차 면접 때도 봤으면서 새삼스럽게 무슨 반응이냐."

민철의 모습에 수민이 살짝 태클을 건다.

1차 면접도 본사에서 봤기에 그다지 놀랄 것도 없으나 민철에게는 볼 때마다 매우 신기했다.

'레디너스 대륙에도 이런 건물은… 고작해야 마법사 길드가 전부였는데. 그 건물도 이 정도로 세련되고 높진 않았지.'

새로운 문물을 접하면 접할수록 민철은 놀라움의 연속이었다.

그와 동시에 시야와 지식이 점점 넓어지는 기분이 들었다.

마음 같아서는 이 빌딩 건축자와 열띤 의견을 나누고 싶은 욕망이 들었지만 애써 참아낸다.

그보다도 오늘 하루 종일 뜨거운 대화를 주고받아야 할 상대가 정해져 있기 때문이다.

"슬슬 지원자들도 도착하나 보네."

여기저기 깔끔하게 정장을 차려입은 지원자들이 속속들이 본사 로비 입구로 향한다.

그러나 예상치 못한 인파가 몰려 있었다.

"저건……?"

궁금증이 생긴 민철이 빠르게 발걸음을 옮긴다.

수민도 어쩔 수 없이 민철의 뒤를 따르기 시작한다.

지원자들뿐만 아니라 근처에 있던 취재진들, 그리고 유독 청진그룹 임원들의 모습이 많이 분포되어 있었다.

차량에서 내린 한 인물.

중후한 분위기를 풍기는 따스한 인상을 지닌 남성이 살짝 손을 들어 보인다.

"저, 저 사람은……?!"

놀란 수민이 헛숨을 들이켠다.

"형, 누군지 알아요?"

"알다마다! 너, 모르냐?!"

모르는 게 당연지사.

레디너스 대륙에 있었던 민철이 어떻게 알겠는가.

"청진그룹 전(前) 부사장이자 공동 창업자이기도 한 서진구 부사장이라고."

"전 부사장……."

왜 하필이면 오늘 같은 날에 전 부사장이 모습을 드러낸 것일까.

"미리 연락이라도 주셨으면……."

차 실장이 고개를 숙이며 말한다.

그때, 차 실장을 비롯해 고위급 간부들과 실무진들에게 가벼이 인사 건넨 서진구가 부드럽게 웃으면서 곳곳에 보이는 지원자들에게 일부러 들으라는 듯이 목소리를 높인다.

　"회장님이 2차 면접인데 3명만으로는 부족하다고 말씀하셔서 말일세. 그래서 내가 4번째로 면접관에 참여하게 되었다만."

　"그, 그렇습니까……!"

　여기저기서 작은 탄성이 울려 퍼진다.

　새로운 면접관의 등장!

　그 순간, 민철의 눈빛에 이채가 어리기 시작한다.

　'이거다……!'

　부사장을 격파하기 위한 신의 한 수!

　그 한 수를 놓기 위한 바둑돌이 드디어 모습을 드러낸 것이다.

　서진구 전 부사장의 등장으로 인해 대기실은 말 그대로 혼란 상태에 빠져 있었다.

　심지어 이들을 인터뷰하기 위해 삼삼오오 모여 있던 취재진들 역시도 마찬가지.

　본래대로라면 지원자들과의 인터뷰가 예정되어 있었지만 서진구가 모습을 드러낸 순간 모든 관심이 그쪽으로 쏠리고 있었다.

최 기자를 비롯한 다양한 매체들이 실로 오랜만에 공식 석상에 모습을 드러낸 서진구를 취재하느라 바빴다.

"찬밥 신세가 되었네."

수민이 씁쓸한 웃음을 내짓는다.

사전에 인터뷰가 있을 거라는 통보를 받았기에 공중파에 출현할 수 있나 하는 기대감을 내심 가지고 있었으나 이것으로 완벽하게 무산되었다.

"뭐, 집중할 수 있고 좋죠."

그러나 민철은 긍정적으로 이 상황을 받아들이고 있었다.

아까 로비에서 보여줬던 임원진들의 반응을 보아하니 그들 역시 서진구 전 부사장의 면접관 참여는 예상치 못했나 보다.

그렇다면 더더욱 민철에게는 기회가 생길 터.

그러나 한 가지 주의할 요소가 있다.

"이것으로 2차 면접은 좀 더 편해지지 않을까? 부사장의 압박도 어느 정도 중화될 거 같은데……."

"그건 아니에요, 형."

"아니라니? 네가 부사장만 견제하면 된다고 하지 않았어? 부사장이 친인척과 더불어 편견 있는 평가를 내리는 걸 방지하기 위해서 서진구 전 부사장이 온 거잖아?"

"생각해 보세요. 서진구 전 부사장은 '공평한' 면접을 위해 온 거예요. 그게 저희에게는 유리하게 작용할 수도 있지만, 그렇다고 저희의 '편을 들어준다' 라는 의미는 아니에요. 어디까지나 심사가 예전에 비해 공평해질 뿐, 결국 출발선상은 똑같은 것과 다름없어요."

"그… 렇네, 생각해 보니까."

하지만 서진구의 등장은 민철에게 있어서 분명히 2차 면접 전쟁을 승리로 이끌기 위한 열쇠가 되리라.

민철은 벌써부터 2차 면접의 판을 머릿속에 그리기 시작한다.

*　　　*　　　*

150여명이 되는 지원자들은 각 15명씩, 총 10번의 면접을 통해 최종 면접에 들어설 인재들을 선별하게 된다.

15명의 지원자들을 맞이하기 위해 면접관들이 서서히 자리에 들어선다.

"으음."

서진구가 자리에 앉은 상태로 살짝 손을 들어 현 부사장을 맞이한다.

"오랜만이야, 남우진."

"…오랜만입니다, 선배님."

현 부사장인 남우진가 고개를 숙이며 서진구에게 인사한다.

"그간 잘 지냈나 보군."

"예, 덕분에 말입니다."

"듣자하니 자네 아들도 이번 면접에 포함되어 있다고 하던데."

"…그렇습니다."

"능력이 출중하더군. 이민철이라는 인물에게 '묻혀서' 그렇지, 아주 우수한 인물이야. 내가 한번 주의 깊게 보도록 하지."

"감사합니다."

이민철이라는 이름과 더불어 '묻혀서' 라는 단어가 나오자마자 남우진가 이를 빠득 간다.

수석에 자신의 아들을 올리려 했던 부사장의 심기를 제대로 건드린 것이다.

한편.

"1조 입장해 주세요."

"드디어 왔군."

1조 인원들이 자리에서 일어선다.

민철과 수민도 1조에 포함되어 있었기에 자리를 옮기려던 찰나였다.

"어?! 민철 씨 아니에요?"

"대민 씨. 여기서 보니까 반갑군요."

"하하! 역시 민철 씨, 살아남으셨군요."

대민이 1차에 합격한 건 민철로서도 놀라운 일이었다. 지각이라는 감점 요소는 민철에게만 작용하는 게 아니라 대민, 그리고 201번 지원자에게도 해당되는 이야기였기 때문이다.

그러나 민철의 변론 덕분이었을까.

대민뿐만 아니라 또 다른 인물이 자리매김하고 있었다.

"저기 영진 씨도 있습니다."

"영진 씨?"

"저희 면접 볼 때 그 201번 지원자 이름이에요."

"아… 그렇군요."

깐깐하게 생긴 서울대생 지원자임을 기억해 낸 민철이 절로 시선을 돌린다.

그곳에는 안경을 고쳐 쓰며 살짝 고개를 끄덕인 채 민철에게 인사하는 영진의 모습이 보인다.

"그쪽은……."

대민이 민철의 옆에 있는 인물을 가리키며 묻자 민철이 자연스레 소개해 준다.

"제 일행입니다. 최수민 형이에요."

"하하, 만나서 반갑습니다!"

"잘 부탁드립니다."

수민과 대민이 악수를 주고받는다.

공교롭게도 이들 4명은 전부 1조에 소속되어 있었다.

우연인지 아니면 필연인지.

'오로지 신만이 알고 있겠군.'

그렇게 생각하며 민철은 면접실을 향해 발걸음을 옮긴다.

이제 시작이다.

전장으로 나아가는 남자들의 뜨거운 열정이 면접관들과 맞부딪친다!

면접실로 들어가자마자 민철은 인상을 찡그릴 수밖에 없었다.

"음……."

지원자 중에서 독특한 아우라를 뽐내는 인물이 앉아 있기 때문이다.

번호상으로는 1번.

가장 첫 번째에 배치된 인물이기도 한 남자를 향해 민철의 시선이 고정된다.

사람들은 각기 다른 아우라를 내풍긴다. 특히나 범상치 않은 인재들은 각자만의 고유한 아우라가 있다.

마법을 익힌 민철이었기에 이를 다른 일반인보다 확신을 가지고 명확하게 구별할 수 있었다.

그 아우라를 1번 남자는 가지고 있었다.

그가 바로 남성진.

부사장의 아들이기도 했다.

"…처음 뵙겠습니다, 이민철 씨."

남성진이 자리에 일어서며 악수를 먼저 청해온다.

얼굴은 웃고 있지만…….

'살기가 가득하군.'

민철은 본능적으로 이 남자가 부사장의 아들임을 눈치챌 수 있었다.

2차 면접 현장에서 자신에게 노골적인 적의를 뿜어대는 사람은 부사장의 아들밖에 없었기 때문이다.

'부사장의 아들과 같은 조에 배치되어 있단 말이지.'

가볍게 한숨을 내쉰 민철이었지만 이내 포커페이스를 유지하며 마주 악수를 받아준다.

"저야말로 잘 부탁합니다, 남성진 씨. 아니… 부사장님의 아드님이라고 해야 할까요."

"……."

서로가 서로의 정체를 알아차린다.

민철의 말에 순간 면접실에 있던 모두가 놀란 표정으로 이들을 바라본다.

면접관들 역시 마찬가지였다.

"오호."

서진구가 매우 흥미롭다는 시선으로 이들을 바라본다.

진행자의 지시에 따라 지원자들이 각기 의자에 앉는다.

그와 동시에 2차 면접이 빠르게 진행된다.

"우선 우리 청진그룹에 지원해 주셔서 감사합니다. 이제 면접을 시작……."

"진행자 양반, 뭘 그리 형식적인가? 면접이라는 건 그냥 단순한 거야. 그 사람의 인성과 적합성을 파악하면 되는 거지."

진구의 말에 진행자가 입을 다문다.

부사장의 한쪽 눈썹이 꿈틀하지만 진구는 못 본 척 계속 말을 이어간다.

2차 면접관들은 스나이퍼들이다.

특히나 그중에서 우수한 명중률을 자랑하는 게 바로 부사장과 서진구.

어차피 이사와 상무는 이들에 비하면 들러리일 뿐이다.

"한 가지 질문해도 되나?"

진구가 민철을 향해 먼저 총구를 겨눈다.

그의 총구가 차가운 한기를 내뿜어대기 시작한다.

"어떻게 1번 지원자가 여기 있는 부사장의 아들이라는 걸 알아봤지?"

"사람마다 고유의 분위기라는 게 있습니다. 제가 유독 그런 걸 잘 알아보는 덕분입니다."

"비과학적인 이야기로군."

"아직 인간의 학문으로 세상의 모든 걸 설명할 순 없으니까요."

"하지만 그 눈썰미는 실로 매우 좋아. 자고로 기업인이라 함은 사람을 상대하는 일이니까. 상대방의 분위기를 보고 그 사람의 정보를 취득한다… 좋은 능력이지."

진구로부터 플러스 요인을 먹고 들어가기 시작한 민철.

그러나 그를 향해 겨누고 있는 총구는 하나가 아니었다.

"5번 지원자."

"예."

부사장의 총구가 이번에는 민철을 겨누기 시작한 것이다.

서진구의 첫 발을 피한 민철.

그러나 과연 두 번째 탄환도 피할 수 있을지.

"어째서 1번 지원자가 내 아들이라는 사실을 먼저 밝힌 거지? 날 조롱하기 위함인가?"

노리쇠 전진.

그리고 일발 장전!

철컹! 소리와 함께 방아쇠에 걸려 있는 부사장의 손가락에 점점 힘이 들어간다.

그의 총구는 민철의 심장을 향한다.

"그런 의도는 아닙니다. 전 그저 이 2차 면접의 취지를 위해 일부러 그런 행동을 취한 것입니다."

"취지?"

"전 부사장님이기도 하신 서진구 면접관님은 한경배 회장님과 함께 차별 없는 인재 등용으로 유명하신 분입니다. 공동 창업자이신 서진구 면접관님이 예정에도 없는 2차 면접관으로 참가하게 되었다면, 이번 2차 면접의 취지는 뻔하다고 생각합니다."

스나이퍼들만이 총을 가진 게 아니다.

스나이퍼들만이 저격을 할 수 있는 게 아니다.

지원자들 역시…….

그들만의 무기가 있게 마련이다!

민철의 손에 들려 있는 한 자루의 총.

그는 당하고만 있는 인간이 아니다.

'역으로 저격한다!'

민철의 총구가 부사장에게로 향한다.

"2차 면접의 테마는 바로… '평등'한 면접 아니겠습니까? 그렇기 때문에 사전에 미리 공개할 중요 정보가 있으면 모두가 공유하는 게 좋다고 생각했습니다. 부사장님의 아드님…

즉 1번 지원자는 성적도 우수하고 출신 학교도 뛰어납니다.

그렇다면 고작 '인맥 따위에' 기대는 인물이라 생각하지 않

습니다. 그 역시 순수한 실력자 아닐까요?"

"……."

타앙—!!

민철의 탄환이 아슬아슬하게 부사장의 뺨을 스친다.

그의 화술은 어찌 보면 매우 단조롭다.

적이 있으면 그 적에게 단순한 비판을 가하기보다는 칭찬

할 점은 칭찬한다.

오로지 무수한 비난 세례가 적을 약하게 만드는 게 아니다.

오히려 그러한 행동은 적에게 오기가 생기게 할 수 있다.

상대방을 인정한다는 그 말 한마디가 적의 마음을 움직인

다.

민철은 인맥을 공개함과 동시에 부사장의 아들이 순수한

실력파임을 인정하고 있었다.

실제로도 그 증거는 서류상으로도 나와 있다.

인정받는 아들.

그 말에 기분이 나쁠 부모는 찾아보기 힘들 것이다.

"5번 지원자가 옳은 말을 했다고 생각합니다."

남성진 역시 민철의 말을 옹호하기 시작한다.

"제가 실력으로 누군가에게 질 거라고는 전혀 생각하지 않습니다."

"…너……."

"아버지… 아니, 면접관님. 순수하게 실력만으로 평가해 주시기 바랍니다. 그게 제가 생각하는 가장 이상적인 '승리'입니다."

"……."

적이라 생각했던 1번 지원자가 오히려 평등을 주장하고 나선다.

이렇게 된 이상 부사장은 더 이상 편파적인 평가를 내리기 힘들어진다.

이 모든 정황을 바라보던 민철은 속으로 웃을 수밖에 없었다.

평등하게 면접이 이뤄지면 민철은 또 다른 숨겨진 무기를 꺼내 들 수 있기 때문이다.

바로 NET 만점!

실력의 절정이라 할 수 있는 그 스펙이 지금 이 전장에서는 총싸움에 등장한 거대한 탱크가 될 것이다.

하지만 여기서 자신의 완벽함을 내세우면 안 된다.

민철이 이번 2차 면접을 공략하기 위한 승리의 키워드는 완벽이 아니기 때문이다.

차례대로 면접관들과 지원자들의 말이 오가는 와중에.

"그럼 5번 지원자."

"예."

드디어 민철의 차례가 돌아온다.

"소수대학교 출신이긴 하지만… NET 만점이군. 대단한 걸."

"감사합니다."

서진구가 순수하게 놀라움을 드러낸다.

청진그룹을 공동 창업할 때 NET 제도를 도입한 건 다름이 아닌 서진구 본인이다.

실력파 인재를 양성하기 위해 주기적으로 NET 시험을 치르자는 그의 사상에 딱 들어맞는 인재가 나온 것이다.

부사장은 더 이상 개입할 수가 없다.

평등이라는 바리케이트가 쳐져 있는 이상, 제아무리 우수한 스나이퍼라 하더라도 그 바리케이트를 뚫을 수 없기 때문이다.

무난하게 면접을 마치면 민철이 또다시 1등을 차지할 터.

그러나 스나이퍼들은 놀랄 수밖에 없었다.

"그럼 간단하게 질문해 볼까. 우리 회사에서 판매되고 있는 스마트폰 기종이 있다만……."

진구의 질문은 본질적이면서도 간단했다.

"간단한 판매 전략 같은 걸 생각해 본 적이 있는가?"

그러나 그때.

민철의 입에서 나온 단어는 실로 놀라움 그 자체였다.

"죄송합니다. 두루뭉술하게만 생각해 본 적만 있을 뿐이지, 구체적으로 계획을 짜보진 못했습니다."

"……!"

수민이 순간 헛숨을 들이삼킨다.

이게 무슨 소리인가.

민철은 분명, 수민과 모의 면접을 치를 때 이렇게 말했다.

회사에 대한 정보, 혹은 그에 대한 간략한 사전 지식 정도는 알고 있어야 한다고.

그리고 판매 전략은 실제로 수민과 민철이 주고받은 공부 내용에 있기도 했다.

그때 당시 민철의 정답은 수민의 감탄을 자아낼 정도였다.

그런데 이제 와서 모른다니?

민철은 분명…….

거짓말을 하고 있다.

알고 있지만, 충분히 인지하고 있었지만 일부러 모른 척을 하고 있는 것이다.

표적이… 스스로 바리케이트를 벗어나 스나이퍼들에게 무

방비로 걸어 나온 셈이다!

"우리 회사에 지원했는데 그 정도는 생각해 두는 게 인지상정 아닌가?"

부사장의 날카로운 한마디.

파박!

그의 탄환이 민철의 어깨꽉에 명중한다!

뒤이어 또 한 발이 이번에는 민철의 옆구리에 적중한다.

순식간에 두 발의 탄환을 맞아버린 민철.

그의 다리에 힘이 풀리며 그대로 주저앉는다.

"죄송합니다. 숙지하겠습니다."

"……."

민철의 기이한 행동에 수민은 오히려 답답함을 느낀다.

그는 왜 일부러 모른 척을 한 걸까?

"이상 면접을 마치겠습니다. 모두들 수고하셨습니다."

진행자의 말에 따라 지원자들이 자리에 일어서며 면접관들에게 인사를 한다.

이것으로 2차 면접이 끝났다.

그러나…….

서진구의 눈빛은 끝까지 민철을 뒤쫓고 있었다.

민철은 스스로 탱크에 탑승하는 걸 거부했다.

NET 만점이라는 이름의 탱크가 있는데 스나이퍼들을 피해서 그 탱크를 사용하지 않았다.

"왜 그런 바보 같은 대답을 한 거냐?!"

어이가 없는지 수민이 버럭 소리를 내지른다.

면접실에서 나오자마자 대민도 이해가 안 간다는 얼굴로 수민과 같이 대뜸 민철에게 따지기 시작한다.

"민철 씨라면 충분히 그 질문에 대답할 수 있지 않았습니까?"

"하하… 여긴 사람들도 많으니까 나중에 이야기할게요."

그러나 민철은 오히려 대답을 회피할 뿐이었다.

이들을 멀찌감치에서 바라보고 있던 남성진은 혀를 차면서 민철을 못마땅하게 바라보고 있었다.

"이민철 지원자 말일세."

서진구가 부사장과 둘이서 휴게실에 자리를 잡았을 때였다.

그의 입에서 흘러나온 말은 부사장의 신경을 다시금 자극한다.

"거짓말을 했네."

"…무슨 뜻입니까?"

"그 지원자는 알고 있었어. 자네가 2차 면접관이라는 사실을 알고 있었다는 걸세. 그리고 남성진이 완벽주의자라는 것과 자네가 성진이를 수석으로 통과시키고 싶어 한다는 그 점을 말일세."

"그것과 거짓말이 관계가 있다는 뜻입니까?"

"이민철 지원자가 노리는 게 아직 무엇인지 파악 못 했나?"

서진구가 옅은 웃음을 지으며 말을 이어간다.

"바로 '2등' 일세."

"……."

"그래. 1등보다 우수한 2등을 노린 거야. 초반의 연출에 의해 더 이상 학교 출신 성분은 의미가 없어졌다. 순수하게 스펙으로 따진다면 이민철 지원자를 누를 지원자는 없었어. 그런데 그는 일부러 허점을 드러냈지. 왜인지 알겠나? 바로 2차 면접에 통과하기 위해서. 그럼 그 통과의 전제 조건이 뭔지 아나? 면접관의 마음에 들어야 하네. 그 면접관이 바로 자네야. 1등을 노리는 자네들에게 이민철 지원자는 일부러 빈틈을 드러내며 스스로 2등으로 내려갔어."

"…설마……."

"하하하! 실로 놀랍지 않은가!! 충분히 유리한 고지를 점령하고 있으면서 일부러 빈틈을 만들었네! 그러면서 자네들에게 1등 자리를 양보함과 동시에 그는 안전하게 2차 면접을 통과하겠지! 놀라워, 실로 놀랍다고!"

부사장과 남성진, 그리고 이민철.

모두가 승자가 되는 면접을 계획한 것이다!

그게 바로 이민철의 승리 키워드.

싸우지 않고 이기는 방법이다.

"그는… 스스로 저격하고 있는 우리들에게 무방비로 걸어 나왔어. 아니, 하지만 그는 애초에 무방비가 아니었던 거야. 바로 '방탄조끼'를 착용하고 있던 거지."

아무리 총을 갈겨봤자 민철은 죽지 않을 것이다.

그는 어떻게든 살아서 최종 면접까지 올라갈 생각이었으니까.

말 그대로 2보 전진을 위한 1보 후퇴를 선택했다.

"최종 면접이 정말 기대되는군. 하하하!!"

서진구의 웃음소리가 휴게실에 울려 퍼질수록 부사장은 복잡한 기분을 지울 수가 없었다.

제5장

최후의 면접

"…일부러 모른 척했다는 거냐?"

술집 안에서 여태 민철의 이야기를 듣고 있던 수민이 믿을 수 없다는 표정으로 다시 한 번 묻는다.

그는 일부러 간단한 질문에 모른다고 답변했다.

민철이 모르겠다고 했던 그 질문은 옆에서 속상한지 술잔을 마구 기울이는 대민도 충분히 잘 대답했던 질문이었다.

수민조차도 모의 면접 때에는 그 질문에 그렇게 애를 먹었지만 실전에서는 모의 면접이 도움이 많이 된 모양인지 어렵지 않게 대답할 수 있었다.

그러나 정작 민철은 대답하지 않았다.

"면접관들에게 제 진의를 전하려고 일부러 아주 간단한 질문을 모른다고 했어요."

"진의라니. 그건 또 무슨 뜻입니까?"

어느 정도 취기에 오른 것인지 대민의 목소리가 살짝 높아진다.

"제가 일부러 거짓말을 했다는 걸 쉽게 눈치채게 하기 위해서는 간단한 질문을 모른다고 할 수밖에 없었어요."

"거짓말을 하고 있다는 걸 알게 해서 민철 씨에게 도움이 되는 게 있는 겁니까?!"

"물론이죠."

자신은 그 답을 알고 있다.

그러나 난 말하지 않겠다.

왜냐하면.

난 2등을 노리고 있으니까.

그 진의를 면접관들에게 전달해 주는 연출이었다.

물론 과연 민철의 이 의도를 잘 찾아낼 수 있는지에 대해서는 서진구, 그리고 부사장의 눈치에 달려 있다.

그러나 그 점에 대해서는 민철은 크게 불안감을 느끼지 않았다.

전 부사장과 현 부사장을 할 정도라면 사람 보는 눈은 어느 정도 있을 것이다.

그리고 그 사람 보는 눈으로 따지자면, 민철만 한 인재는 없었다.

'최종 면접이나 준비해 볼까.'

민철은 벌써부터 2차 면접 합격을 점치고 있었다.

집으로 돌아오자마자 남성진은 마시던 와인 잔을 거칠게 바닥에 내팽개친다.

쨍그랑!!

유리조각이 산산히 박살 나며 집구석에 흩어지지만 성진은 크게 신경 쓰지 않는다.

오히려 오늘 있었던 2차 면접에서의 불쾌함이 더 남성진을 괴롭히고 있었다.

"이민철……!"

그 역시 민철이 거짓말을 했음을 잘 알고 있다.

NET와 토익 만점자가 그런 기본적인 질문을 모른다는 게 말이 되겠나.

남성진이 눈치챌 정도면 분명 부사장과 서진구도 눈치챘을 것이다.

"빌어먹을… 젠장!!!"

남성진의 괴성이 집안 곳곳에 울려 퍼진다.

오늘 그는 인생에서 가장 괴롭고 부끄러운 1등을 맛보았다.

2차 면접이 끝난 이후.

결과 통보가 나오는 날에 민철은 카페 머메이드에 잠깐 들르게 되었다.

가게 안에 등장한 그에 모습에 익숙한 인물이 민철을 향해 인사한다.

"어서 오⋯ 어머, 이민철!"

"오랜만입니다, 누나."

아르바이트 시절, 민철에게 많은 도움을 줬던 세화가 빙그레 웃으며 민철을 반긴다.

"여긴 무슨 일이야? 지점장님이라면 잠깐 나갔는데."

"그렇군요. 그보다 제가 지점장님 보러 왔다는 거 어떻게 알았어요?"

"모른 척하긴. 너하고 지점장님하고 그렇고 그런 사이라는 거 여기에 일하는 아르바이트생이라면 다 알고 있는 사실인데?"

"⋯⋯."

언제 또 그런 소문이 퍼진 것인가.

잠시 생각을 정리하던 민철에게 아르바이트를 하고 있던

혜진이 모습을 드러낸다.

"혜진아, 오빠 왔다."

"…흥!"

대뜸 보자마자 이런 싸늘한 반응을 보여주는 게 아닌가.

왜 혜진이 저런 반응을 보여주나 싶더니…….

'…그랬었지.'

지점장과 자신이 이러쿵저러쿵 얽혀 있는 소문이 가게 내에서 퍼지고 있다면 혜진도 그 사실을 알고 있을 터이다.

은근슬쩍 민철에게 관심을 표하고 있는 혜진이라면 그런 소문을 좋게 받아들일 리는 없을 것이다.

'인기 많은 남자는 곤란하군.'

레디너스 대륙에 있을 때에도 레이폰 더 데스사이드는 카사노바라 불릴 정도로 많은 여자들의 환심을 말발로 훔친 적이 있었다.

말이라 함은 사업 대상, 외교, 교섭 테이블에서만 벌어지는 게 아니다.

바로 연애에서도 발생하는 법.

말 잘하는 남자는 여자들의 마음에 각인되는 경우가 허다하다.

그 전형적인 대표 케이스가 바로 레이폰 더 데스사이드였다.

그는 실제로 그렇게까지 못생긴 외형도 아니었으며, 오히려 따지자면 미형에 가까운 남자였다.

　"혜진아."

　"…왜요."

　퉁명스럽게 민철을 쳐다보며 대답하는 혜진.

　그런 혜진의 반응이 묘하게 귀엽게 다가온 민철이 일부러 남들에게 들리라는 듯이 목소리를 살짝 높여 말한다.

　"내가 친구한테 영화표 2장 받았는데 같이 갈래?"

　"…오빠 친구 없잖아요."

　"점점 생기고 있어."

　"못 믿겠는데요."

　"그럼 네가 나의 친구 1호가 되어줄래?"

　"남녀 사이에 친구 관계 따윈 없다고 생각하는데요."

　"그럼 사귈래?"

　"무, 무슨 소리예요?!"

　화들짝 놀란 혜진이 주변의 시선을 신경 쓰기 시작한다.

　그러더니 달아오른 얼굴을 감추면서 민철을 노려본다.

　민철은 그저 환하게 미소를 지은 채 언제 또 주머니 속에서 영화표를 꺼냈는지 한 손에 살랑살랑 흔들며 들고 있었다.

　민철의 농담에 가볍게 한숨을 내쉰 혜진이 영화표를 얌전히 받아 든다.

"알았어요, 알았어. 가면 되잖아요."

"현명한 선택이야."

"…그럼 전 볼일이 있어서 먼저 가볼게요."

후다닥.

도망치듯 자리를 뜨는 혜진의 뒷모습을 바라보던 민철에게 세화가 카운터에서 키득키득 웃으며 말한다.

"순진한 여대생의 마음을 가지고 놀다니… 그것보다 영화표는 어디서 구한 거야? 설마 이런 일을 대비해 매번 휴대하고 다니는 건 아니겠지?"

"정말로 우연치 않게 받은 거예요."

"진짜? 니 말은 이제 못 믿겠어. 너무 뻔한 얼굴로 거짓말을 하니까."

"하하하. 너무 무서워하지 말라고요, 누나. 그보다 지점장님은 어디 가셨는데요?"

말머리를 돌린 민철에게 세화가 손가락으로 건너편 길거리를 가리킨다.

"우리 카페 새로 체인점 하나 더 생겼잖아. 거기 잠깐 가셨어."

"그랬어요?"

"요즘 머메이드, 잘나간다고. 뉴스에서 보니까 우리나라 카페 점유율 근 50%는 차지하고 있다고 하던데."

새로 생긴 신생 브랜드인데 비해 점점 그 위세를 떨쳐 가고 있는 머메이드.

그래서 그런지 민철도 요즘은 거리를 거닐면 부쩍 머메이드라는 브랜드를 달고 영업하는 카페가 많이 눈에 들어오고 있었다.

"알겠어요. 그럼 일 열심히 하세요."

"난 언제 어디서나 열심히 하는 여성이라고."

안부 인사를 전해준 민철이 가게 바깥을 나선다.

그러면서 스마트폰을 꺼내 저장되어 있는 지점장의 번호를 터치한다.

"여기입니다."

손을 들어 근처 카페에 들어온 지점장을 향해 어필하는 민철.

단아하게 정돈된 머리카락을 쓸어내린 지점장이 고운 미간을 살짝 찡그린다.

"설마 우리 카페도 아니고 다른 카페에서 만나자고 할 줄은 몰랐는데."

"세간의 시선을 조심하는 거죠."

"세간의 시선?"

"머메이드 소수대학교 지점에서는 이미 지점장님하고 저

에 관한 연애 소문이 퍼지고 있던데요?'

"······."

할 말을 잃었는지 지점장이 잠시 입을 다문다.

일을 할 때는 언제나 정장을 입고 다니는지 타이트한 정장 재킷과 더불어 각선미를 한껏 드러내는 미니스커트가 그녀의 매력을 발산해 주고 있었다.

"왜, 싫어?"

"······."

지점장의 도발적인 발언에 오히려 할 말을 잃고 만 민철이었다.

"난 민철 씨랑 별로 그런 소문 나도 상관없는데."

말은 단호하지만 얼굴 표정은 그렇지 않다.

민철과 제대로 시선을 마주치지 못하며 쓸모없는 손짓과 행동이 많이 보인다.

'겉과 속이 다른 사람이군.'

아마도 포커페이스 연기에 서투른 사람이리라.

그렇게 생각한 민철이 피식 웃으면서 말한다.

"저도 상관없어요."

"···정말?'

"네. 하지만 전 그렇다 치더라도 지점장님에게 피해가 가니까 그게 문제죠."

"피해라니, 무슨 소리야?"

"생각해 보세요. 전 아직 취업준비생에 불과한 대학생이에
요. 그런데 지점장님은 요즘 잘나가는 커피 브랜드, 머메이드
대표님의 따님이시잖아요. 어수선한 연애 스캔들은 지점장
님의 업무와 미래에 영향을 줄 수 있으니까요."

이성보다는 본능으로.

그리고 머리보다는 가슴으로 하는 게 사랑이라 하지만, 민
철은 그렇게까지 사랑에 열정을 불태우는 남성이 아니다.

어디까지나 주변 상황에서 고려해야 할 점은 고려한다.

자기 관리에 철저하고 자신의 이미지 관리에 힘써야 하는
게 지금의 이민철이라는 남자의 입장이다.

아직까지 그는 이 세계에서 이뤄야 할 일이 한참 남았기 때
문이다.

"…무심한 사람이네, 민철 씨는."

의미 있는 한숨을 내쉬는 지점장.

그녀 역시도 머리로는 자신들의 관계에 대해서 잘 알고 있
다.

지금은 지점장이나 민철이나 서로 성장해야 할 시기다.

그래도…….

민철이라면 좀 더 자신의 감정에 솔직하게 대답해 주기를
원했다.

그게 바로 여자라는 생물의 본심이다.

"……."

지점장을 바라보던 민철이 작게 손짓한다.

"지점장님. 제가 요즘 손금 보는 게 취미인데 한번 봐줄까요?"

"갑자기 웬 손금……."

"자요. 아, 맞은편은 머니까 제가 옆자리에 앉을게요."

천연덕스럽게 지점장의 옆에 앉은 민철이 행동을 개시함과 동시에 주변을 둘러본다.

확인할 것을 확인한 민철은 자연스럽게 지점장의 옆에 앉으며 그녀의 손을 잡는다.

"음~ 어디 보자……."

지점장의 작고 깨끗한 손을 바라보던 민철이 고개를 갸우뚱한다.

"안 되겠네요. 관상으로 바꿔야겠어요."

"민철 씨, 거짓말하고 있는 거지?"

"아니에요. 자, 관상을 볼 테니 눈을 감아보세요."

"……."

본래 관상을 볼 때 눈을 감으라고 하는 건가?

관상을 제대로 본 적이 없는 지점장은 일단 민철이 하라는 대로 하게 된다.

그러나 바로 그때.

"……!"

입술에서 이질적인 감촉이 느껴지는 순간, 지점장이 놀라 눈을 뜬다.

화들짝 놀란 탓에 지점장이 몸을 뒤로 빼려 했지만, 민철의 팔이 어느새 지점장의 허리를 감싸고 있었다.

가녀린 여체가 민철의 품에 그대로 안긴 상태에서 기습적으로 당한 키스.

짧은 순간이었지만, 입술을 뗀 민철이 철판을 깐 얼굴로 슬쩍 입꼬리를 말아 올린다.

"지점장님은 성공하실 관상을 가지고 계시네요."

"……."

어벙한 표정을 지어 보이던 지점장이 눈을 흘기며 주변을 바라본다.

민철이 확인했던 게 무엇인지 알아차린 지점장이 민철을 뚫어져라 응시한다.

그는 주변에 사람이 없는지, 있다 하더라도 이들이 여기 자리에서 무슨 행동을 하는 게 다른 이들에게 보이는지에 대한 사실을 살펴본 것이다.

"…성공한다는 건 사업상 의미야? 아니면 연애?"

"글쎄요."

민철이 시원스레 웃으며 지점장의 흐트러진 머리카락을 대신 쓸어 넘겨준다.

"연애 쪽은 시간을 두고 기다리면 대성(大成)할 거 같은데요."

"…말 그대로 남자는 배, 여자는 항구라는 뜻이야?"

"그럴지도요."

그의 말이 무엇을 의미하는지 지점장은 제대로 파악할 수 없었다.

그러나 대략적으로는 전해졌다.

"…이체린."

"네?"

"앞으로 지점장이라 부르지 말고 그렇게 불러. 그리고 말도 편하게 해도 되니까."

지점장… 아니, 체린의 말에 민철은 살짝 고개를 끄덕인다.

"노력해 볼게."

＊　　　＊　　　＊

가볍게 한숨을 내쉰 체린이 두근거리는 심장을 진정시킨다.

"근데 왜 날 찾아왔어? 오늘 2차 면접 합격 통보 나오는 날

이잖아."

"그것 때문에 온 건데?"

"…뭐?"

자연스럽게 말을 놓기 시작한 민철이 주섬주섬 가방에서 서류 봉투 하나를 꺼내 든다.

누가 봐도 이건…….

"통지서잖아. 아직 뜯어보지도 않은 거야?"

"결과는 확정되었으니까."

민철이 체린에게 서류 봉투를 넘긴다.

그 제스처가 마치 체린보고 뜯어보라는 것을 뜻했기에 오히려 당황한 체린이 되묻는다.

"내가 확인해도 돼?"

"난 결과를 이미 알고 있으니까."

"뭐라고 생각하는데?"

"합격."

"…민철 씨, 자신감 있는 남자는 그렇게까지 싫어하진 않지만, 너무 자신감이 넘쳐도 탈이야. 2차 면접은 그렇게 쉽게 합격할 수 있는 게 아니라고… 어?!"

서류 봉투 안에서 통지서를 꺼내 든 체린은 순간 할 말을 잃고 만다.

그녀의 시야에 거대한 두 단어가 들어왔기 때문이다.

합격(合格).

"어때."

"지, 진짜야?"

"모조품은 아니니까 걱정하지 말고."

"대단해, 민철 씨. 솔직히 좀 놀랐어."

그녀가 서류 전형을 통과시켜 주긴 했지만… 아니, 사실은 그녀가 통과시켜 줬다기보다는 떨어질 수 있을 가능성을 애초에 배제시켜 준 것에 불과하지만 설마 소수대학교 출신자가 2차 면접까지 합격할 줄이야.

선례가 없는 건 아니지만 막상 이런 신화를 이루어가는 인물이 바로 옆에 있다는 게 놀라울 따름이었다.

"2차 면접은 별거 없더구만."

"그 부사장 라인을 돌파했다고? 어떻게?"

"뉴스 봤지? 중간에 변수가 투입되었어."

"서진구 전 부사장?"

"그래."

"하지만 그것만으로도 2차를 쉽사리 통과하긴 어려웠을 텐데……."

"여러 가지 있었어."

민철이 차가운 커피를 들이켠다.

자신의 합격 여부는 그렇다 치더라도.

'수민이 형이 걱정되는군.'

민철과 함께 2차 면접에 올라 소수대학교 내부에서 꽤나 큰 화두를 불러 일으켰던 최수민.

그러나 그는……

민철과 다르게 2차에서 떨어지고 말았다.

"……."

오랜만에 가지는 스터디 모임.

그러나 평소처럼 기운 넘치는 혜진조차 말을 아끼며 수민의 눈치를 보고 있었다.

민철은 잠깐 어디 들렀다 온다고 했기에 이 둘만이 휴게실에서 영어 단어를 공부하는 중에 혜진은 빠르게 스마트폰으로 메시지를 보낸다.

―민철 오빠!! 지금 어디예요!!

―학교 정문.

―빨리 좀 오세요! 완전 가시방석이라구요!

―ㅋㅋㅋ 알았어, 조금만 기다려.

혜진이 왜 이런 반응을 보이는지 민철도 잘 알고 있다.

한편, 학교 정문에서 시간을 보내고 있던 민철이 빠르게 발걸음을 재촉한다.

2차 면접에서 수민이 딱히 나쁜 대답을 한 건 아니었다.

누가 봐도 정상적이고 평균적인 대답을 내놓았다.

그러나…….

반대로 말하면, 면접관 어느 누구에게도 눈에 확연하게 띄지 않은 평범한 대답을 내놓았다는 것과 같다.

사람을 상대할 때에 가장 중요한 것은 자신의 존재감을 어필해야 한다는 점이다.

물론 나쁜 의미로 기억되면 안 된다.

상식을 벗어나면서도 참신한 아이디어로 중무장한 인재를 바라는 게 바로 면접관들이다.

그러나 수민에게는 그런 사고방식을 가진 대답이 없었다.

'아쉽긴 하지만… 그래도 어쩔 수 없지.'

제아무리 민철이라 하더라도 결과를 바꿀 순 없었다.

도서관에 오자마자 휴게실로 향한 민철이 드디어 이들의 눈앞에 모습을 드러낸다.

"안녕하세요."

"오빠! 왜 이리 늦었어요?!"

"잠깐 누구 좀 만나느라. 그것보다 수민이 형."

민철의 부름에 수민이가 살짝 고개를 돌린다.

평소와 다름없는 표정.

그러나 눈빛에는 복잡한 감정이 서려 있었다.

"결과… 안타깝게 되었더군요."

"하하. 뭐, 나도 예상하고 있었어. 내 주제에 2차까지 올라
간 것만 해도 잘한 거지."

"이제 어떻게 하실 거예요?"

"글쎄다……."

집어 들던 단어장을 잠시 내려놓은 수민이 안경을 벗는다.

눈가를 살짝 비비면서 천장을 올려다보기 시작하는 그.

"솔직히 이제는 아무럼 어떠랴… 하는 생각이야."

"새로 취업 준비하실 생각은 없는 건가요?"

민철이 이 말을 한 이유는 다름 아닌 청진그룹 2차 합격자
라는 스펙 때문이었다.

1차만 하더라도 웬만한 중소기업이 앞다투어 데려가려는
데 2차까지 올라갔다 함은 제법 괜찮은 기업에 들어갈 수 있
을 것이다.

그러나 민철은 수민의 그런 결정을 바라고 있는 게 아니다.

"형. 글을 쓰세요."

"…뭐?"

"제가 오늘 늦은 이유는 이것 때문이에요."

가방 안에서 무언가를 꺼내 든 민철.

그의 손에 들린 것은 바로 수민의 첫 작품이기도 한 판타지
소설책이었다.

"너, 그거……."

"수민이 형이 탈락했다는 소식을 접하자마자 바로 구해서 읽어봤습니다. 형의 필력은 나쁘지 않아요. 시장 반응도 좋았다면서요?"

"그치만 난 솔직히 말해서 자신이 없어. 그저 우연의 일치일지도 모르고, 그리고 내 글이 사람들에게 통할지 말지도 확신이 안 서."

민철은 레디너스 대륙에 있을 때 수민과 같은 사례를 많이 접했다.

현실을 위해 꿈을 포기한 이들.

그건 이세계이든 현실 세계이든 다를 바가 없다.

그럴 때마다 민철… 아니, 레이폰 더 데스사이드는 상담을 요청해 오는 제자들이 있을 때마다 늘상 이런 식으로 답변을 했다.

인생은 한 번뿐이니까 니가 꿈을 이루든, 현실에 타협하든 하고 싶은 걸 해라.

그게 레이폰의 인생철학 중 한 단면이었다.

"꿈이든 현실이든, 그리고 글을 쓰든 취업을 하든 형이 하고 싶은 걸 하세요. 다만, 제가 봤을 때 지금 형이 하고 싶은 일은 취업보다 글 쓰는 일로 보입니다."

"어째서 그렇게 생각하는 건데."

"이 책을 읽어보면 자연스럽게 알 수 있어요. 형이 원하는 세계, 꿈꾸는 세계가 이 책 속에 펼쳐져 있다는 것을. 서로 모르는 사람들이 취업이라는 목표를 위해서 정장 차림으로 치고받고 싸우는 그런 현실이 아닌, 웅장한 판타지 세계에서 검을 들고 용과 싸우는 기사들의 모험이 바로 형이 꿈꾸는 거 아닌가요?"

"……."

"형의 갑옷은 정장이 아니에요. 형의 무기는 문제집이 아니라고요. 형이 싸워야 할 적은 면접관도 아닙니다. 만약 정말로 이게 본인이 하고 싶은 일이라면… 제3자가 보기에는 형의 인생이 서글프게 보일 수도 있어요. 적어도 전 형의 인생이 누군가에게는 당당하게 보일 수 있는 그런 인생이었으면 좋겠습니다."

어쩌면 민철은 수민에게 과하게 개입하고 있을지도 모른다.

말로써 수민을 설득한다.

설득(說得)이라는 대화의 형태는 굉장히 위험하다.

자신이 타인의 인생을 책임져 줄 수 있는 것도 아닌데 다른 걸 포기하고 이것을 하라고 강요하는 것과 마찬가지다.

만약 그 설득의 결과가 좋지 않다면?

그럼 그건 설득이 아니라 사기와 강박을 저지른 마찬가지다.

그렇다. 한 사람의 인생을 망치게 한 악인(惡人)!

그러나 민철은 확신할 수 있었다.

이 사람의 인생은…….

취업만이 아니라고.

"말 잘하는 건 여전하다니까."

수민이 쓴웃음을 짓는다.

그와 동시에…….

영어 단어장을 덮는다.

"나도 사실은 알고 있었어. 내가 하고 싶은 일이 무엇인지를. 그치만 쉽사리 응원해 주는 사람이 없더라. 그래서 나 또한 자신감을 가질 수 없었어."

속이 시원하다는 표정으로 자리에서 일어선 수민이 민철에게 손을 내민다.

"고맙다. 네 덕분에 이제 결심을 할 수 있게 되었어."

"전 그저 형의 꿈을 응원해 준 것뿐이에요."

"그 응원이 내 등을 밀어준 거야. 물론 그 앞이 절벽이 될지, 아니면 성공 가도가 될지는 모르지만 적어도 앞으로 나아가는 게 무서워 가만히 정체되어 있는 것보다는 훨씬 나은 편이잖아?"

"하하! 형도 말 잘하시는데요?"

"서당 개 삼 년이면 풍월을 읊는대잖냐."

누군가의 말 한 마디가 다른 누군가에게는 앞으로 나아갈 수 있는 용기를 심어주게 된다.

최수민, 그는 오늘을 계기로 새로운 도전에 발을 담그게 되었다.

*　　　*　　　*

시간이 흐르고 흘러.

드디어 대망의 최종 면접의 날이 밝아왔다.

오늘도 여전히 이른 기상을 취한 민철은 가볍게 마나를 순환시키며 서서히 눈을 뜬다.

그간 훈련에 집중하느라 3클래스 수준까지는 도달했다.

그러나 이 세계에서 머무는 동안 마법을 쓴 적은 별로 없다.

끽해봐야 자신의 험담을 듣는 데에 사용한 것과 사람 찾는 일, 그리고 학과에서 폭력을 행사하는 동급생에게 대항한 일.

"그러고 보니……"

요즘 들어 학과 내에서는 민철의 이미지를 꽤 좋게 생각하는 부류가 늘어나고 있었다.

그 증거로 최근에는 혼자 밥 먹는 일이 거의 없다.

민철은 혼자서 밥을 먹을 때에도 혼자만의 시간을 가질 수 있다는 점에서 별 불만이 없었다.

그러나 여럿이서 떠들썩하게 먹는 것도 나쁘지 않다는 생각이 들었다.

"주변의 풍경이 달라진다는 건 기분이 나쁜 것만은 아니군."

혜진은 열심히 머메이드 카페에서 일하면서 바리스타라는 새로운 분야에 관심을 가지기 시작했다는 말도 들었다.

수민 또한 첫 작품을 성공리에 마치고 이제 두 번째 차기작 준비에 열중하고 있는 중.

각자 새로운 꿈을 찾아 노력하고 있는 와중에.

이제 남은 인물은 한 명이다.

"좋아."

자리에서 일어선 민철이 자신의 얼굴을 가볍게 찰싹 때려 본다.

"나도 꿈을 이루러 가볼까!!"

오늘 그가 치러야 할 면접 전쟁은…….

어쩌면 그의 인생에 있어서 최초이자 최후의 면접 전쟁이 될지도 모른다.

택시를 타고 3번째로 방문하게 된 청진그룹 본사를 향하는 민철.

그를 알아본 안내원 아가씨가 빙그레 웃으며 말을 걸어온
다.

"어머, 합격하셨나 보네요?"

"보시다시피요."

"축하드려요. 안 그래도 회사 내에서도 이민철 지원자에
대해서 말이 많던데요?"

"저요?"

"네. NET 만점은 그렇다 치더라도 그 깐깐한 차 실장님과
부사장님 앞에서도 주눅 들지 않는 비범한 인재가 나타났다
고 소문이 돌고 있어요."

"과장된 소문인데요? 하하."

"아무튼 오늘 면접, 힘내세요. 응원할게요."

"이런 미인 여성분에게 응원을 받게 되면 힘이 나지 않을
수가 없네요. 고맙습니다."

가볍게 살짝 목례를 한 민철이 익숙하게 대기자실로 향한
다.

안내원과는 거의 세 번째 만남인지라 그런지 이제는 안면
이 익숙해질 정도였다.

그것 또한 민철이 착실하게 청진그룹 입사라는 목표를 향
해 나아가고 있다는 증거가 된다.

대기자실로 향하자 역시 1차, 그리고 2차 면접자들의 인원 수에 비하면 훨씬 적은 지원자들이 대기자실에 머무르고 있었다.

민철은 일찍 도착한 편이었기 때문에 원하는 자리에 앉을 수 있었다.

"…음?"

주변을 둘러보던 민철의 시야에 익숙한 인물이 들어온다.

바로 1차 면접 때 화장실에 들르느라 지각했던 201번 지원자, 이영진이었다.

영진 또한 마찬가지로 민철을 발견한 모양인지 그를 향해 다가오기 시작한다.

"예상은 했지만 역시 합격하셨군요. 축하합니다, 민철 씨."

"그러는 영진 씨야말로 합격 축하드립니다. 서울대생은 다르네요."

"저 말고도 서울대생은 얼마든지 있는데요, 뭘."

1차 면접에서 그다지 경쟁 상대가 되지 않으리라 예상했던 인물 중 한 명이 여기까지 올라온 걸 보면 그 역시 어느 정도 실력을 갖추고 있다 봐도 무방할 것이다.

하지만 진짜 실력자는 따로 있다.

"반갑습니다, 민철 씨."

또 다른 누군가가 민철을 보자마자 다가오며 인사한다.

깔끔한 정장 차림에 차가운 인상이 유독 눈에 들어오는 인물, 남성진의 등장이었다.

*   *   *

아무렇지도 않게 다가와 악수를 청하는 남성진.

더불어 민철도 남성진의 손을 마주 잡아준다.

"오늘 면접도 기대하겠습니다."

"저야말로 성진 씨 면접도 기대가 되는군요."

"하하, 과찬이십니다. 그러고 보니 우연치 않게 또 같은 조가 되었더군요. 개인적으로는 정말 다행이라고 생각합니다."

과연 그게 우연일까.

속으로 민철은 쓴웃음을 지었지만 겉으로는 티를 내지 않는다.

포커페이스를 유지하며 성진과 가볍게 인사를 나눈 민철이 어깨를 슬쩍 으쓱인다.

"무거운 공기군요."

영진도 이 두 사람의 사이가 그다지 좋지 않음을 잘 알고 있다.

"뭐, 그런 거죠."

"말하는 걸 깜빡했지만, 저도 민철 씨랑 같은 조입니다. 마지막 조에 배치되어 있더군요."

"1차와 더불어 2차, 그리고 최종까지 같은 조라니. 뭔가 짙은 인연이 있나보군요?"

"저뿐만이 아닙니다. 또 한 사람 더……."

영진이 말을 이어가려던 찰나에 한 명의 인물이 모습을 드러낸다.

"민철 씨! 영진 씨! 하하하! 오랜만입니다!"

대기실에서 호쾌한 웃음소리를 내며 등장한 대민이 자연스럽게 민철과 영진의 어깨에 손을 두른다.

"대민 씨도 합격했습니까?"

"기적이 벌어졌나 봅니다! 지금이 꿈만 같다니까요?"

민철의 말에 대민이 솔직한 심정을 담아 말한다.

이 사람에게는 포커페이스 따윈 없다.

생각하는 그대로 얼굴에 표현되고 속마음이 직설적으로 입에서 튀어나온다.

그게 단점이 될 수 있지만, 어찌 보면 장점이 될 수도 있다.

그것을 알기에 면접관들이 최종까지 올려 보냈으리라.

"여튼 이번에도 같은 조가 되었으니 서로 힘내보자고요."

주도적으로 파이팅을 의도하는 민철을 중심으로 대민과 영진이 고개를 끄덕인다.

최후의 면접은 얼마 남지 않았다.

합격이냐 아니면 불합격이냐.

Dead or Alive.

이지선다만이 이들의 눈앞에 놓여 있을 뿐이다.

한경배 회장이 감독을 보는 면접은 매우 빠르게 진행되었
다.

앞서 미리 면접자들에게 정보를 얻을 수 없게끔 대기실에
만 머무르게 되어 있는 후발주자들은 의아하게 생각할 수밖
에 없었다.

최종 면접임에도 불구하고 너무나도 빨리 끝나고 있었기
때문이다.

"마지막 조, 준비해 주세요."

"벌써 저희 차례인가요?!"

대민이 놀라 안내원 아가씨에게 되묻는다.

그 정도로 면접이 너무나도 빠르게 끝나갔다.

"네, 앞 조가 방금 나왔네요. 자, 바로 면접실로 들어가세
요."

"……"

도대체 면접실에서 무슨 일이 벌어지고 있던 것일까.

민철은 불안함과 동시에 호기심을 느끼며 면접실 안으로
들어선다.

면접실… 아니, 마왕의 성으로 향하는 기분으로 들어서는 용사들.

마왕의 알현실 안에는 한경배 회장이 가운데에 위엄을 드러내며 앉아 있었다.

비록 노쇠한 몸이지만, 눈빛만큼은 여느 용사 못지않을 만큼 강대하다.

'눈이 살아 있군.'

한경배 회장을 직접 보는 건 이번이 처음인 민철.

그가 받은 첫인상은 바로 이것이었다.

겉으로 보기에는 힘없는 노인으로 보일지 모르지만 그의 눈동자는 세월의 고단함과 더불어 지식을 갖추고 있다.

노인의 강점은 바로 현명함이라 했던가.

왕의 현명함과 맞서 싸워야 하는 게 바로 민철의 임무였다.

"다들 앉게."

"예!"

"네!"

지원자들이 나란히 일렬로 한경배 회장을 마주 보며 앉는다.

이들을 바라보던 한경배 회장은 목소리를 낮추며 말한다.

"자네들이 할 것은 한 가지밖에 없네. 내가 묻는 질문에 대답할 것. 이것뿐이야."

"……."

"질문은 2개. 모두에게 공통된 질문이며, 정해져 있는 정답은 없네. 이걸 인지하고 말하도록."

"알겠습니다."

"네."

"그럼……."

한경배 회장이 영진을 먼저 지목한다.

"자네부터 시작하도록 하지."

"예."

"우선 자네가 우리 회사에 들어와야 하는 이유를 말해보게."

질문 자체는 매우 심플했다.

그러나 대답은 심플하지 않다.

즉, 자신이 왜 이 회사에 필요한 인물임을 회장인 한경배에게 직접 어필해 보라는 소리다.

이 면접의 테마는 바로 '왕의 심판'이다.

지원자들… 이들은 왕의 선택을 기다리는 귀족들.

왕의 한 마디에 이들의 처우가 개선될 수도 있고, 몰락 귀족이 될 수도 있다.

"저는 서울대 출신으로서 그동안 많은 스펙을 쌓아왔습니다. 청진그룹에 누구보다도 어울릴 만한 자격을 갖췄으며 성적 역시……."

영진의 자기소개와 더불어 어필이 시작된다.

잠자코 듣고 있던 왕이 고개를 끄덕인다.

그리고 뒤이어 두 번째 질문.

"간단한 퀴즈를 하나 내도록 하지. 자네는 현재 차를 타고 가고 있네. 폭우가 쏟아지는 밤이지. 그때 버스정류장에서 버스를 기다리는 세 명이 있어. 한 명은 자네의 목숨을 구해준 소중한 친구가, 다른 한 명은 몸이 아픈 할머니가, 그리고 다른 한 명은 자네의 이상형에 딱 들어맞는 여성이 있지. 차에는 오로지 한 명밖에 태울 수 없네. 자네라면 누구를 선택할 것인가?"

"……."

분석에 들어가기 시작한 영진.

그 또한 서울대생으로서 나름 실력파이다.

'친구는 우정… 할머니는 연민, 그리고 여성은 사랑(본능)을 상징하는 건가?'

분석을 마친 영진이 자신 있게 말한다.

"친구를 태우겠습니다."

"그 이유는?"

"저에게 실질적으로 도움이 될 만한 사람을 선택하자면 신뢰로 굳어진 인간관계를 택하겠습니다."

"흐음, 과연······."

사업에서 중요한 건 바로 신뢰다.

우정이자 신뢰를 가리킬 수 있는 친구를 택함으로써 영진은 기업인의 마인드를 좀 더 어필한다.

"다음."

한경배 회장이 대민을 가리킨다.

"자네도 동일하네. 우선 첫 번째 질문. 왜 이 회사에 입사해야 한다고 생각하나?"

"이 회사에 들어가면 돈을 많이 벌 수 있기 때문입니다!!!"

순간 조용해지는 면접실.

지원자들은 어떻게 이런 바보가 여기까지 올라왔나 싶은 눈초리였지만, 재치 있는 귀족의 발언 때문일까. 왕의 입가에 처음으로 웃음이 지어진다.

"허허, 솔직한 청년이군."

"감사합니다! 열정 하나만큼은 자신 있습니다!"

"그럼 그 열정을 가지고 어디 두 번째 퀴즈에 대답을 해보게. 자네라면 누굴······."

"그야 당연히 몸이 아프신 할머니를 택하겠습니다!!"

"이유는?"

"친구도 소중하고 여자도 탐나지만··· 죄송합니다. 여자도 소중하지만, 그 상황을 놓고 보자면 몸이 아프신 할머니가 우선시되어야 한다고 생각합니다. 빨리 병원에 데려다 드려야 하기 때문입니다!"

"허허허! 정말 재미있는 친구로구만."

한경배의 시선이 다음 타자를 향한다.

"그럼 남성진."

"예, 회장님."

"자네가 이 회사에 들어와야 하는 이유는 뭐라고 생각하는가?"

"청진그룹을 위해서 제가 들어가야 한다고 생각합니다."

"…우리 회사를 위해서?"

되묻는 왕에게 가신이 고개를 끄덕이며 대답한다.

"예. 회장님께서는 미래를 위한 선행 투자를 해야 할 필요가 있다고 생각합니다. 이 청진그룹의 미래는 쌓여 있는 자산도 아니고, 기업의 이미지도 아닙니다. 바로 청진그룹을 만들어가는 '인재'입니다. 인재의 선택이 회사를 좌우하죠. 한경배 회장님이시라면 아실 거라 생각합니다. 이 많은 지원자들 중에 가장 회사에 이상적인 적합성을 가지고 있는 지원자가 누구인지를."

"흐음."

"저는 부사장인 아버지로부터 많은 정보와 경험을 습득해 왔습니다. 실제로 청진그룹에서 일한 적은 없지만 청진그룹

만을 위한 인재로서 자라왔습니다. 저만한 적합성을 지닌 지원자는 드물다고 생각합니다."

남성진의 말은 한경배도 부정할 수 없었다.

청진그룹을 키운 1세대.

그리고 그 1세대가 낳아 기른 인물이 바로 2세대, 즉 남성진과 같은 부류를 의미한다.

남성진뿐만 아니라 청진그룹을 이끌어갈 2세대들은 여러 방면으로 존재하고 있다.

"좋은 대답이군."

"감사합니다, 회장님."

왕의 칭찬을 받은 가신의 어깨가 점점 더 당당해진다.

선택을 받기 위한 가신의 설득력은 힘이 실려 있었다.

"그렇다면·두 번째 퀴즈에 대한 대답은 무엇이지?"

"저 또한 친구를 택하겠습니다."

"이유는?"

"받은 게 있으면 돌려줄 필요성이 있기 때문입니다. 빚을 지고서 생활하기에는 심적으로도 부담이 크기 때문입니다. 은혜를 입었으면 은혜로써 갚는 게 인지상정이라고 생각합니다. 그리고 이를 통해 앞서 이영진 지원자가 말씀드렸다시피 신뢰 관계라는 부수적인 결과물을 얻게 되면 금상첨화라 생각합니다. 신뢰 관계는 돈으로도 살 수 없는 훌륭한 자산이 되기 때문입니다."

"자네 역시도 기업가의 마인드군."

"감사합니다."

대민은 혼잣말로 중얼거리면서 '할머니가 아프시다는데……' 라는 말을 한다.

그러나 성진은 못 들은 척 가볍게 흘려 넘긴다.

"그럼 드디어 자네 차례구만."

왕의 시선이 기다리고 기다리던 가신, 이민철을 향한다.

"자네는 왜 이 회사에 들어와야 한다고 생각하나?"

기다리고 있었는지 민철은 바로 답을 내놓는다.

"제가 알고 있는 어느 나라의 왕이 있었습니다."

"왕?"

"예. 그 나라의 왕은 언제나 고독했지요. 왕으로서의 권력과 힘이 있지만, 그 힘이 절대적은 아니었습니다. 왕을 견제하고자 하는 수많은 귀족들이 즐비해 있었기 때문이죠. 왕이라는 직책을 가졌음에도 불구하고 귀족들이 두려워 함부로 왕권을 휘두르지 못했습니다. 그러면 왕이 무슨 소용이겠습니까? 그건 왕이 아니라 그저 덩치 큰 귀족에 불과합니다."

"그렇다면 자네는 그 왕이 어떻게 했으면 좋겠나?"

"간단합니다. 바로 자신만의 세력을 기르면 됩니다. 왕권을 키우기 위해서는 귀족들을 견제하면 됩니다. 하지만 왕 혼자서 모든 귀족들을 견제할 순 없죠. 이열치열(以熱治熱)이라는 말이 있습니다. 귀족은 귀족으로써 견제하면 됩니다. 다시 말해서 왕을 보필할 수 있는 친국왕파 귀족 세력을 키우면 되는 일입니다."

"……."

"먼저 왕의 친위대를 뽑아야 합니다. 그 친위대를 자처할 수 있는 사람은 몇 안 됩니다, 회장님."

"그 몇 안 되는 사람 중에 자네도 포함된다고 생각하나?"

회장의 직접적인 질문에 남성진이 촉각을 곤두세운다.

지금 발언은 어떤 의미로 상당히 위험한 발언이 될 수 있다.

그러나 민철은 과장되게 한 손을 가슴 위에 올려놓고 살짝 목례를 하는 연출을 보이며 말한다.

"분부만 내려주시기 바랍니다, 저의 왕이시여."

"허허허… 재치 있는 친구로군."

이민철의 한 마디에 한경배의 입꼬리가 더없이 올라가기 시작한다.

한경배는 왕이지만 결코 강대하지 않다.

고독한 왕.

그를 위해서는 왕의 세력을 구축해야만 한다.

스스로 왕의 세력임을 자처하는 가신의 출현에 기뻐하지

않을 왕이 어디 있겠는가.

"그렇다면 두 번째 질문에 대한 대답은 뭔가?"

"간단합니다."

민철이 빙그레 웃으며 해답을 제시한다.

"제가 타고 있는 차를 친구에게 주고, 그 친구에게 할머니를 병원까지 모셔달라고 부탁할 겁니다."

"차를 친구에게 준다?"

"예."

"아깝지 않은가?"

"사람의 목숨을 구해주기 위해서라면, 차 정도는 줄 수 있습니다."

순간 지원자들은 민철을 바라보며 이런 생각을 품게 된다.

쿨(Cool)하다!

완전 상남자, 이민철을 향해 한경배가 재차 묻는다.

"차를 주고 할머니를 병원으로 모시게 되었다면, 자네는 어떻게 되나?"

"폭우가 쏟아지는 날, 아리따운 여성과 둘이서 버스정류장에서 나란히 버스를 기다립니다. 그만큼 낭만적인 상황 또한 드물지 않을까요?"

"허허……."

민철의 대답은 실로 간단했다.

우정, 연민, 그리고 애정.

3가지를 모두 다 손에 넣는다!

"만족할 만한 대답이 되었을지 모르겠습니다, 회장님."

마무리로 민철은 겸손을 챙긴다.

그는 결코 자만하지 않는다.

자신을 낮추며 상대를 높인다.

이 모든 행동이… 그리고 이 모든 대사가 바로 이민철의 힘이다.

그 힘이 과연 저 고독한 왕에게도 통할지 모르겠지만.

민철은 확신한다.

결과에 이변이 없음을!

제6장

결말, 그리고 또
다른 시작

소수대학교 정문 입구 앞.

그동안 면접 전쟁을 치르느라 자주 학교에 오가지 못했던 민철은 민법 교수를 포함해 학과에서 자신을 지지해 줬던 학우들, 그리고 혜진과 최근에는 도서관을 다니며 각종 책들 속에 파묻혀 차기작을 쓰고 있는 수민을 보기 위해 다시 이곳에 오게 되었다.

그의 시선이 유독 정문 입구의 위쪽을 향하게 된다.

"새삼스럽지만, 다시 보니 조금 부끄럽군."

그곳에는 커다란 폰트로 쓰여 있는 글자를 담은 플래카드가 걸려 있었다.

　—이민철 학생의 청진그룹 본사 입사를 축하합니다! 소수대학교
일동

　서류 전형부터 시작해서 NET 시험, 그리고 3차례에 걸친
면접을 통해 민철은 가장 뛰어난 성적으로 청진그룹 본사에
채용되었다.

　공채 중에서도 본사 채용은 기껏해야 총 15명 정도.

　본래는 10명이었으나 면접 도중에 한경배 회장의 마음에
드는 인재들이 꽤 있었던 모양인가 보다.

　그밖에 다른 지점들에서 인재들을 채용하긴 했지만 그만
큼 본사 입사는 힘들었다는 증거가 된다.

　그중에서도 최우수 입사라는 영광을 누리게 된 민철이었
기 때문에 플래카드가 걸릴 만도 하다.

　왜냐하면 현재 영업 1팀에서 일하고 있는 황 부장도 최우
수 입사는 아니었기 때문이다.

　남들이 보기에는 대단한 업적일지 모르지만.

　"이건 몸풀기에 불과하다고."

　민철은 그렇게 혼잣말을 중얼거리며 학교 안으로 들어선
다.

도서관에 들어섰을 때, 엄청난 양의 책을 쌓아놓고 노트북을 두들기고 있는 수민의 모습이 먼저 들어오게 된다.

"형."

"…민철이 아니냐? 네가 무슨 일이야?"

"형 얼굴 보러 왔죠."

의자를 당겨 자연스럽게 수민의 옆에 앉은 민철.

"잘돼가요?"

"죽을 맛이다. 자료 조사 때문에 정신이 없어."

"차기작은 뭐로 쓰시려고요?"

"일단 무난하게 현대판타지로 가려고. 요즘 또 대세니까."

"재미있을 거 같네요."

"그것보다 음료수나 마시러 가자. 내가 살게."

"잘 먹겠습니다."

　민철과 함께 로비로 나온 수민이 자판기에서 음료수 두 캔을 뽑는다.

　그중 하나를 받아 든 민철이 익숙하게 탄산을 삼킨다.

"너, 탄산 되게 좋아하더라."

"레디너스에서는 맛볼 수 없는… 아니요. 여튼 저한테는 신기한 음료라서요."

"레디너스?"

"못 들은 척하세요. 하하."

자신도 모르게 무심코 과거의 이야기가 나오게 되었다.

반년이 넘어가는 현실 세계에서의 삶이었지만 적응이 안 되는 건 여전히 안 되고 있었다.

"조만간 설명회 있다면서."

"그전에 미리 형 얼굴 보려고 온 거예요."

"너도 이제 바빠지겠구나."

"언제든지 연락만 해주세요. 당분간은 그래 봤자 수습 기간이라고 해서 인턴 생활이 될 거 같으니까요."

본사에 채용되었다 하더라도 안심해서는 안 될 요소가 있다.

바로 인턴 기간.

물론 정신 상태가 이상하지 않는 이상은 웬만해선 정직원으로 전환되지만 만에 하나라는 게 있지 않은가.

민철의 입장에서는 인턴 기간도 신중에 신중을 기하고 싶은 심정이었다.

"혜진이는 만나봤냐?"

"조금 이따가 머메이드에 가보려고요."

"그래. 학교 떠나기 전에 잘 말해두고."

민철이 합격했다는 소식을 듣고 혜진은 기쁜 마음 반절, 그리고 슬픈 마음 반절일 것이다.

민철을 마음에 품고 있는 여자의 심정을 전혀 모르는 것도 아니기에 당사자인 민철도 수민의 말에 고개를 끄덕인다.

"예, 알겠습니다."

"학과는?"

"이제 들러야지요."

"분위기는 어때? 또 너 왕따시키는 분위기더냐?"

"아니요. 요즘은 많이 덜해졌어요. 절 따르는 학우들도 많아졌고요."

"하긴. 청진그룹 본사 입사한 놈인데, 누가 안 따르고 버티겠나."

"학생회의 완고한 태도는 여전하더라고요."

"냅두라 그래. 꼴에 알량한 자존심 지킨다고 꼴값을 다 떨고 있더만."

수민의 구수한 욕설에 민철은 쓴웃음을 지을 뿐이었다.

사실 민철은 법대 학생회 임원들에 대해서 그다지 크게 신경을 쓰고 있지 않다.

임원들 중에서 출세할 법한 인재도 없을뿐더러 그러한 태도를 계속 가지고 있으면 될 것도 안 되게 마련이다.

그들은 그렇게 자기만족을 하면서 살면 된다.

학창 시절 때 잘나갔던 추억만을 곱씹으며 과거에 묻혀 사는 부류의 타입은 여기저기 널려 있기 때문이다.

"그럼 전 가볼게요."

"그래, 나중에 발령 나면 연락 주고."

"예. 수민이 형도 신작 준비 잘하세요."

가볍게 악수를 나눈 뒤 학과로 향하는 민철.

그의 뒷모습을 끝까지 배웅해 주던 수민도 기지개를 펴며 다시 책들과의 전쟁을 치르러 도서관을 향해 들어간다.

민법 교수의 연구실에서 한동안 이런저런 대화를 나누던 찰나에 민철이 자리에서 일어선다.

"그럼 슬슬 일어나 보겠습니다."

"허허, 더 있다 가지 그러냐."

"아닙니다. 교수님도 조금 이따가 수업 있지 않습니까? 학생들 수업에 지장을 주면 안 되잖습니까."

"흐음, 그렇긴 하지."

교수의 본문에 충실해야 하기에 민철을 더 이상 붙잡을 순 없었다.

그 순간, 교수가 잠시 잊고 있었는지 서랍 속에서 어느 한 물건을 꺼내 든다.

"이거 받아두게."

"이건……."

"황고수 녀석의 명함일세. 자네도 알고 있겠지?"

"예, 1차 면접 때는 도움을 많이 받았습니다."

"나중에 본사에서 자리를 잡으면 한번 찾아가 보도록. 고수 녀석이 분명 자네 직장생활에 큰 도움을 줄 게야."

"감사합니다, 교수님."

부장직을 차지하고 있는 인물이라 함은 분명 민철에게도 커다란 도움이 될 것이다.

이제 막 입사 예정인 신입 사원에 불과한 민철에게는 중요한 인맥의 끈이기도 하다.

카페 머메이드.

안으로 들어서자 세화에게 이것저것 일을 배우고 있는 혜진의 모습이 들어온다.

"민철 오빠!"

"오랜만이다, 혜진아. 그리고 세화 누나도요."

익숙하게 머메이드 안으로 들어선 민철이 두 여성에게 인사를 건넨다.

잠시 업무를 중단한 세화가 반갑게 그를 맞이한다.

"올~ 엘리트 납셨네?"

"엘리트라니요, 부끄럽게시리."

"설마 내 주변에 청진그룹 본사에서 일하게 된 사람이 생길 줄이야. 자랑거리라고."

"그렇게 말해주니 고맙군요."

카운터석에 앉은 민철이 이번에는 혜진을 바라보며 묻는다.

"일은 할 만해?"

"네. 조만간 바리스타 자격증에 도전해 볼까 생각 중이에요."

"그러냐. 세화 누나, 잘 알려주세요."

"걱정 붙들어 매라고."

세화가 자신만만한 미소로 민철의 걱정을 일순간 날려 보낸다.

이렇게 보여도 세화는 꽤나 실력 있는 젊은 바리스타 중 한 명이다.

그녀 밑에서 배우면 틀림없이 혜진도 바리스타 자격증을 취득할 수 있을 것이다.

"그런데 무슨 일로 왔어요? 혹시 또 지점장님을……."

혜진이 매섭게 민철을 노려본다.

여기서 맞다고 할 수도 없었기에 민철은 그냥저냥 흘려보내는 말로 응수한다.

"세화 누나하고 네 얼굴 보러 왔지."

"못 믿겠는데요."

"신용을 가지고 사회를 살아가라고, 아가씨야."

지점장하고는 어차피 저녁에 약속이 잡혀 있다.

군이 머메이드에서 지점장을 만날 필요까진 없다고 생각했기에 민철은 이런 말을 한 것이다.

"그나저나 넌 어디로 발령 난대?"

"글쎄요. 설명회 끝나고 나서 정식으로 발표된다던데요?"

세화의 질문에 명쾌한 해답을 내려줄 수 없었다.

왜냐하면 민철도 아직 모르기 때문이다.

청진그룹 본사에서 일하게 된 인턴들은 실습 기간 중 일부는 다른 지점에 가서 현장 일을 배우게 된다.

3개월 수습 기간 중 2개월을 파견식으로 타 지점에 가서 현장 일을 배우게 되고, 남은 1개월 동안은 자신이 희망하는 부서를 지원해 통과가 된다면 그 부서에 가서 일을 또 배운다.

본사 업무를 배우면서도 인턴 기간에는 일정 기간 동안 주기적으로 인턴끼리 모여서 인턴 교육을 받게 된다.

청진그룹의 이런 제도에는 인턴들이 직접 현장 일을 뛰어 보게 함으로써 그들의 경험과 시야의 폭을 넓혀주고자 하는 의도가 숨겨져 있다.

개방적인 사고방식을 지니고 있는 한경배 회장다운 제도라 할 수 있다.

그리고 원래.

고생은 젊었을 때 하는 거라고 하지 않던가.

"가급적이면 자취하는 곳 근처로 발령이 나면 좋겠지만 말이죠."

"바라는 것도 많네."

"사람이라는 건 욕망덩어리니까요."

만약 좀 거리가 있는 지역으로 발령이 나게 되면 방을 새로 구해야 할 판국이다.

본사의 경우에는 기숙사가 있기 때문에 인턴 기간이 끝나고 정직원으로 채용될 때에는 집 걱정은 없지만 인턴 2개월 기간은 문제가 있다.

"그래도 나름 보조금도 나온다고 하니까 돈 걱정 자체는 없지만… 그래도 집을 새로 구해야 한다는 거 자체가 좀 그렇죠."

"하긴 그렇겠다."

세화도 공감하듯 고개를 끄덕인다.

어딜 가나 그놈의 귀차니즘이 문제다.

"오빠, 혹시 구로 쪽으로 발령이 나면 말씀해 주세요."

"구로?"

"네. 제가 그 근처 살거든요."

"동거하자고?"

"동거가 아니라요!! 거기에 제 부모님하고 친언니도 같이 살고 있으니까 절대로 동거가 아니에요!! 필요하다면 방 하나는 내줄 수 있다고요!"

"하숙집이야?"

"네… 불만이에요?"

"아니, 오히려 나야 좋지."

만약 구로 쪽으로 발령이 나면 집 걱정은 없으리라.

그렇게 생각한 민철은 자신에게 내기를 건 고차원의 생물이 이번만큼은 본인을 도와줬으면 하고 장난스럽게 바라본다.

오후 9시.

비교적 늦은 시간에 만나게 된 민철과 체린은 룸으로 된 어느 한 술집으로 들어가 자리를 잡고 있었다.

"미안해, 민철 씨. 오늘 중요한 미팅이 있어서 좀 늦었어."

"미안해할 거 없어. 나도 이해하니까."

"아, 그리고 이거."

체린이 작은 손가방 안에서 무언가를 꺼내 든다.

"이건……."

"내가 주는 입사 선물이야. 받아둬."

누가 봐도 자동차 키임을 알 수 있었다.

설마 이런 선물을 받게 될 줄이야.

"하지만 이건……."

"민철 씨, 최근에 면허 땄지? 운전 연습 하는 데 도움도 될 테고 게다가 청진그룹 본사 입사한 사람이라면 차 한 대 정도는 있어야지."

"이건 좀 많이 부담스러운데."

"내가 주는 선물이라고 생각해. 나, 이래 봬도 차 한 대 정도는 선물로 줄 수 있는 능력은 되니까."

하기사. 다른 곳도 아니고 머메이드 대표의 딸인데 이 정도 재력이 없을까.

나름 값어치 있는 선물이 있을 거라고 예상은 했지만 설마 차 한 대를 통째로 줄 거라고는 민철도 예상치 못했다.

"엄청 큰 빚을 지게 되었네."

"빚이라고 생각하지 마. 내 진심에서 우러나오는 축하의 선물이니까."

"…알았어. 소중하게 다룰게."

"나라고 생각하면서 다뤄줘."

예전에는 그다지 융통성이 없는 여자라고 생각이 들었던 체린이었지만, 민철과 알고 지내면서부터일까. 이런 농담도 자주 하곤 한다.

"그나저나 발령은 아직 안 났어?"

"조만간 설명회 끝나고 랜덤으로 발표 난대."

"신경 쓰이네. 기왕이면 가까운 곳으로 되면 좋겠다."

체린도 청진그룹 본사 인턴에 대한 제도를 알고 있었다.

다른 기업에 비해 청진그룹 인턴은 배워야 할 것도 많고 할 것도 많다.

깐깐하긴 하지만 그만큼 수입적인 면은 확실히 보장이 된다.

괜히 청진그룹 입사로 플래카드를 걸 정도가 아니다.

"민철 씨, 나 오늘은 좀 늦게 들어가도 되는데."

체린이 넌지시 민철을 떠본다.

요염하게 술잔을 기울이는 그녀의 행동에 민철이 슬쩍 입꼬리를 말아 올린다.

"난 성실한 청년이라서 오늘은 일찍 들어갈 생각인데?"

"…못됐어, 정말."

"하하, 농담이야."

삐친 체린의 모습이 귀여운 모양인지 민철의 팔이 자연스럽게 그녀를 품 안으로 당겨온다.

*   *   *

이른 아침.

가볍게 명상과 더불어 맑은 정신으로 세면 세족을 마친 뒤 깔끔하게 다려진 정장을 입는 민철.

손목시계를 바라보며 현재 시각을 체크한다.

"8시라… 슬슬 가면 되겠군."

입사 설명회는 9시 반에 집합, 그리고 10시에 시작될 예정이다.

계획상으로는 한경배 회장도 직접 참가한다는 소문이 돌고 있지만, 어디까지 소문일 뿐이지 실제로 한경배 회장이 올지에 대해서는 미지수다.

대신 서진구 전 부사장은 참가할 계획이 있다고 한다.

은퇴를 하긴 했지만 요즘 들어 부쩍 쇠약해진 한경배 회장을 대신해 이렇게 공식 석상에서 회장을 대신해 자리에 참석하는 일이 많아졌다.

그렇다고 서진구가 회장의 자리를 꿰찬다는 의미는 아니다.

그는 청진그룹에서 정식으로 은퇴를 했고, 회장의 자리를 물려받을 생각도 없다고 밝혔기 때문이다.

"두 사람의 신념은 제대로 이해하지만, 과연 그 신념에 따라줄 사람이 몇이나 될지 모르겠군."

어찌 보면 바보 같은 말일지도 모른다.

요즘 시대에서 돈보다 사람을 우선시한다니.

하지만 민철은 그 마인드가 마음에 들었다.

레디너스 대륙에 있을 시절에도 그는 많은 부와 권력을 누렸지만, 결국 남은 거라고는 허무감뿐이다.

돈으로는 행복을 살 수 없다.

그 말의 뜻을 나이가 먹고 나서야 깨달았기에 더더욱 다른 사람들에 비해 그 말의 참뜻을 소중히 여기게 되었다.

집 바깥을 나선 뒤 청진그룹 본사 앞에 도착한 민철이 다시 한 번 건물을 올려다본다.

인턴 기간 동안에는 다른 지점에서 파견식으로 일을 하게 되겠지만, 마지막 1개월은 본사에서 일할 수 있는 특권이 주어졌다.

청진그룹의 사원 중 극소수만이 본사에서 일할 수 있는 기회를 얻을 수 있다. 이번 본사 공개 채용은 청진그룹 사원들 중에서도 들어가기 힘들다는 본사에서 일할 수 있는 특권을 입사하는 순간부터 누릴 수 있는 일종의 지름길이라고 할 수 있다.

젊은 나이에 벌써부터 청진그룹 본사에서 일하게 되었다는 건 세간의 시선을 주목시킬 만한 스펙이다.

게다가 최우수 입사자라는 타이틀은 본사 내부 인사들에게도 주목을 받을 만한 타이틀이었다.

"그럼 슬슬 들어가 볼까."

넥타이를 살짝 고쳐 매며 안으로 들어서는 민철을 향해 반갑게 인사하는 한 여성.

"어머, 민철 씨. 합격 축하해요."

"하하, 감사합니다."

매번 면접 때마다 마주쳤던 안내원 아가씨가 밝은 미소로 민철을 반긴다.

"설명회가 어디서 열리는지는 알고 계시죠?"

"물론입니다. 본사에 하도 와서 이제는 구조를 다 외울 지경이니까요."

"어머, 그거… 자만심이에요?"

"자신감이라고 말씀해 주시면 더 좋죠. 하하."

가벼운 농담을 주고받으며 별도로 안내원 여성의 도움 없이 어렵지 않게 설명회가 열리는 장소를 향해 발걸음을 옮긴다.

강당 안으로 들어서자, 그곳에는 이미 몇몇 도착한 입사자들이 대기하고 있었다.

"민철 씨—!!"

그중에 한 명인 김대민이 손을 번쩍 들며 민철을 향해 외친다.

탄탄한 체형에 그을린 피부가 인상적인 대민이 두꺼운 손을 붕붕 흔들며 민철을 향해 이쪽으로 오라고 적극적으로 어필한다.

아무리 봐도 청진그룹 본사에서 일한다기보다는 노가다 판에 더 어울릴 법한 인상을 지닌 대민이지만, 민철은 그가 합격할 수도 있을 거라는 예상은 1차 면접 때부터 충분히 하고 있었다.

결국 대민의 가치를 알아봐 준 면접관들의 객관적인 시선 덕분에 그도 이 자리에 함께할 수 있었던 것이다.

"합격 축하합니다, 대민 씨."

"하하하! 민철 씨 덕분이죠. 1차 면접 때 민철 씨가 지각을 커버해 주시지 않았다면 저도 탈락했을 겁니다!"

"그건 단순한 해프닝에 불과했을 뿐이지 사실 알고 보면 별일 아니었습니다."

말은 그렇게 하지만 지각이라는 게 어마어마한 마이너스 요소임은 대민도, 그리고 구석 자리에서 조용히 이들의 대화 를 듣고 있던 영진도 충분히 알고 있었다.

어찌 보면 이들은 1차에서 민철의 활약 덕분에 결국 최종 면접에 합격한 영광을 누리게 되었을지도 모른다.

"영진 씨도 합격하셨군요. 축하합니다."

"…감사합니다."

영진이 살짝 민철에게 고개를 끄덕이며 고마움을 표시한 다.

그러나 도움을 받은 건 과거의 일.

이제부터는 본사에서 같이 비교당할 경쟁자에 불과하다.

게다가 최우수 입사원이라는 이민철을 쓰러뜨리기에는 영진만으로는 부족하다.

하지만.

남성진이라면 어떨까?

"그리운 얼굴들이 보이는군요."

호랑이도 제 말 하면 온다고 했던가.

남성진이 최종 면접 때 같은 조가 되었던 무리들을 향해 다가온다.

차가운 외모가 인상적인 미남형 청년.

여자들에게도 인기가 많으며 재력도 상당해 여러모로 고(高)스펙을 지니고 있는 인물이기도 하다.

"최우수 입사 축하합니다, 민철 씨."

"감사합니다. 저는 성진 씨가 차지할 줄 알았는데 말이죠."

"과찬입니다. 전 민철 씨일 거라고 충분히 예상하고 있었습니다."

성진과 민철이 서로 마주 손을 잡는다.

그러나 풍겨 오는 아우라는 말 그대로 냉랭했다.

그들 간의 미묘한 심리전이 펼쳐지는 가운데, 강당 안으로 익숙한 목소리가 들려온다.

—아아. 전부 다 모인 거 같군요.

마이크 테스트를 할 겸 손에 마이크를 쥔 채 목소리를 내뱉는 인사팀 차 실장이 합격자들의 모습을 쭈욱 훑어본다.

—각자 지정석에 이름표를 붙여놨으니 거기에 앉으면 됩니다.

"예!"

지원자들이 기운차게 대답하며 각자 이름이 새겨진 좌석에 앉는다.

2줄로 배치된 좌석에 지원자들이 빠짐없이 착석하자 차 실장이 고개를 끄덕인다.

—그럼 간단하게 본사에 대한 설명을 한 뒤, 서진구 전 부사장님의 훈화 말씀과 더불어 마지막으로 여러분들이 기다리고 기다리던 수습 기간 동안 일할 지점을 발령하겠습니다.

차 실장의 한마디에 지원자들이 침을 꿀꺽 삼킨다.

비록 본사 공채 합격이라는 어마어마한 대업(大業)을 달성했다 하더라도 수습 기간에 밉상을 보이면 큰일이다.

업무 평가 하나하나가 인턴에게는 치명적으로 작용하기 때문이다.

차 실장의 본사에 대한 간략한 설명이 끝나고 서진구 전 부사장의 축하 메시지와 함께 드디어 이들이 어디서 수습 기간을 보내게 될지 발표가 되는 순간이었다.

성적순으로 먼저 공개가 되기에 가장 먼저 발령지가 발표되기로 예정된 민철의 시선이 대형 화면에 집중된다.

—이민철 씨는 부천 지역 심곡 지점에서 일하게 되었습니다.

'부천이면……'

스마트폰을 이용해 부천이 어디인지 검색하기 시작하는 민철.

이윽고 썩 나쁘지 않다는 표정을 지어 보인다.

'구로와 멀지 않군.'

정말로 신이라는 존재가 자신의 사소한 부탁을 들어주기라도 한 것일까.

위치상으로는 괜찮다고 생각한 민철이었으나…….

"민철 씨, 상황이 별로 안 좋군요."

"네?"

이영진이 뒤에서 민철에게 슬쩍 말을 건다.

그의 말을 곧장 이해할 수 없었던 민철이 되묻자 영진이 들리지 않게끔 작은 목소리로 말한다.

"심곡 지점은 별로 인지도도 없고 매장 규모 자체도 전국에 있는 청진그룹 계열 매장을 통틀어 작은 축에 속하는 장소예요. 그런 곳에 가면 배울 것도 별로 없고 시간 낭비라구요."

"그렇군요. 충고 감사합니다."

뒤이어 발표된 남성진의 근무지는 바로 강남 지점이었다.

그 모습을 보자마자 영진이 한숨을 내쉬며 나지막이 말한다.

"노골적으로 차별이 보이는구만……."

차별이라.

그러나 민철은 그리 생각하지 않았다.

배움의 장소라 함은 언제 어디라도 될 수 있다. 제아무리 기피 장소라 하더라도 그만의 배움과 지식이 분명 있을 터.

어찌 되었든 간에 자기가 하기 나름이다.

그런 마음가짐으로 민철은 일단 구로 쪽과 멀지 않은 곳에 발령되었다는 사실 하나만으로도 충분히 만족하기로 한다.

결국 대민과 영진, 그리고 민철 이 세 사람은 근무지가 제각각 다르게 되었지만, 어쨌든 수습 기간이 끝나면 다시 본사로 오게 될 것이다.

"그럼 그때까지 서로 잘해봅시다."

"민철 씨도요!"

대민이 기운차게 대답하며 민철을 먼저 보낸다.

영진도 고개를 살짝 끄덕이면서 말 대신 행동으로 보여준다.

지하철을 타기 위해 역으로 내려가던 민철이었으나.

"…음……!"

순간적으로 마나의 강력한 파동이 느껴진다.

그와 동시에.

"세상이… 멈췄다?"

흑백으로 물든 컬러감이 매우 이질적으로 다가온다.

색을 빼앗긴 세계에서 민철은 마나의 파동이 형체를 갖추기 시작한 장소를 향해 눈을 돌린다.

[오랜만이군.]

한 번쯤은 다시 재회할 거라고 생각했지만, 설마 이렇게 기습적으로 다시 만나게 될 줄은 몰랐다.

"오랜만이라고 해야 하나? 이름도 모르는 고차원 존재여."

[우리 같은 존재들에게는 시간이라는 개념이 통하진 않지만, 인간계를 기준으로 놓고 보자면 꽤나 많은 시간이 흐른 셈이지.]

"그것보다 무슨 일이지? 나에게 또 할 말이 있나?"

고차원의 존재가 민철의 눈앞에 모습을 드러낸 건 이번이 두 번째다.

첫 번째는 민철이 처음 이 세계로 왔을 때.

그리고 두 번째는 바로 지금이다.

그동안 모습을 드러내지 않았던 녀석이 갑자기 민철과의 만남을 성사시킨 것이다.

[별다른 건 없다. 그저 네 상황을 보러 왔을 뿐이지.]

"날 보러 왔다?"

[엄밀히 말하면 중간 점검이라고 해야 할까.]

"괜한 신경을 써주는군. 당신들도 위에서 보고 있으니까 알겠지만 잘 해나가고 있잖아?"

[하지만 기억해 두는 게 좋을 거다. 이건 그저 시작에 불과하다는 것을.]

"나도 충분히 알고 있어."

민철은 이제 겨우 이 세계 사회의 일원이 되었을 뿐이다.

아니, 냉정하게 표현하자면 아직 자신의 밥그릇을 챙기기에는 아직 이른 햇병아리에 불과하다.

[첫걸음을 잘 디딘 거 같아서 특별히 상을 줬는데 만족하나?]

"상이라고?"

[네가 우리들에게 부탁했던 '그것' 말이다.]

"…설마……."

장난으로 구로 쪽에 가까이 발령 났으면 하고 생각했지만 그게 현실이 될 줄이야.

[인간계의 언어로 표현하자면 '입사 선물'이라고 생각해 주면 좋겠군. 이체린이라는 인간 여성이 너에게 선물을 줬던 것처럼.]

"고맙다, 너희 덕분에 정말 훌륭하고 근무 환경 좋은 장소에서 일할 수 있게 되어서."

영진의 생각과는 달리, 남성진의 인맥 라인이 민철에게 복수한 게 아니라 고차원적 존재가 확률을 조작한 결과였음을 이제야 깨닫게 되었다.

[말에 비아냥이라는 게 섞여 있는 듯한 기분이 드는군.]

"착각일 거야."

물론 착각이 아니겠지만.

그래도 고차원의 존재가 모습을 드러냄으로 인해 민철은 이들에 대한 몇 가지 정보를 취합할 수 있었다.

우선 인간계에 마음만 먹으면 자신의 눈앞에 모습을 드러낼 수 있다.

그리고 민철을 실시간으로 감시하고 있다.

'이걸 잘 이용하면… 괜찮은 쪽으로 활용할 수 있겠군.'

속으로 새로운 메리트가 될 수도 있다는 생각을 품고 있던 민철에게 고차원적 존재의 목소리가 머릿속에 울리기 시작한다.

[그럼 레이폰 더 데스사이드의 또 다른 활약을 기대하지.]

"두 발 뻗고 잘 구경하고 있으라고. 그리고 신님한테도 전해줘. 조만간 만나러 갈 거라고."

[신과 만날 수 있다고 확신하는군.]

"이미 이건 끝난 게임이니까."

어깨를 으쓱이며 강한 자신감을 표출한다.

고차원적 존재가 강하게 일렁이며 서서히 모습을 감추기 시작하자, 빼앗겼던 색깔이 다시 돌아오기 시작한다.

[기억해 두도록 하지.]

그 말을 끝으로 마나의 파동이 다시 원상태로 복원된다.

아무 일도 없었다는 듯이 돌아가는 세상.

그러나 이제 시작이다.

아마 고차원적 존재가 모습을 드러낸 이유는 이것이리라.

"프롤로그가 끝났으니… 지금부터가 본편이라는 뜻이겠지."

머리를 긁적이며 혼잣말을 중얼거린 민철은 스마트폰을 꺼내 혜진에게 방 좀 구할 수 있냐는 메시지를 보낸다.

제7장

첫 출근

"영차!"

일주일 뒤에 있을 첫 출근을 위해 민철은 오늘부터 부지런히 짐 정리에 들어가기 시작한다.

레이폰이 이민철이라는 존재 대신 살아가기 시작하기 전부터 그는 민철의 방에 그득하게 쌓여 있는 다수의 문제집을 바라본다.

9급 공무원 문제집을 포함해 각종 토익 책들.

그것도 연도별로 나열되어 있다.

"어지간히 공부에 소질이 없었던 녀석인가 보군."

레이폰은 가볍게 한숨을 내쉬며 책들을 모조리 정리하기 시작한다.

사실 이민철이라는 인간은 본래 자살을 시도한 시점부터 죽었어야 했다.

그러나 레이폰의 영혼이 대신 이민철의 육체 안으로 들어와 계획에도 없던 제2의 인생을 살게 되었다.

전생의 기억은 가지고 있지만 이민철이라는 인간의 몸으로 들어오기 전까지… 즉, 레이폰이 레디너스 대륙에서 사망하고 이후 이민철의 몸에 들어오는 그 과정에 대한 기억은 남아 있지 않다.

아무래도 고차원적 존재가 손을 쓴 탓이리라.

"사후 세계에 대해서도 궁금한 점이 많았건만. 쩝."

아쉽다는 듯이 혀를 찬 민철은 불필요한 물건들을 따로 정리하면서 짐을 분류한다.

민철은 체린이 선물해 준 차를 운전하며 구로 디지털 단지에 자리 잡은 어느 한 하숙집으로 향했다.

구로 지역 자체가 회사가 몰려 있는 지역이다 보니 원룸이라든지 하숙집이 들어서기에는 땅값이 비싼 지역 중 하나이기도 하다.

용케도 이런 지역에 하숙집을 구하게 된 민철은 운이 좋다는 생각을 하면서 하숙집의 초인종을 누른다.

띵동!

2층 구조로 되어 있는 가정집 형태의 건물.

그곳에서 기다리고 있었다는 듯이 혜진이 슬리퍼를 신고 나온다.

"오빠, 어서 와요."

"하숙집치고는 작은 편 같은데?"

"1층은 저희 가족이 살고 있고, 2층은 하숙집 형태로 운영하고 있어요. 방이 한 6개 정도뿐이에요."

"그래?"

처음부터 하숙집을 하려고 구입한 자택이 아니라 어찌 저찌 하다 보니 하숙집을 운영하게 되었다고 한다.

그래서 이 근방 회사를 다니는 사원들에게는 더없이 좋은 하숙집으로도 소문이 나 있다는 부가 설명을 듣게 된다.

"식사는 저희 어머니께서 아침, 점심, 저녁 3끼 다 차려주시니까 시간 되면 1층 주방으로 내려오시면 돼요."

게다가 혜진이 아는 오빠라 그런지 특별히 보증금도 없이 월 30에 합의를 봐줬다.

어차피 오랫동안 이곳에 있을 것도 아니고, 인턴 기간 동안만 있을 거라고 했기에 가격도 파격적으로 깎아준 것이다.

그리고 무엇보다도 혜진이 바리스타로서의 길을 고르게

된 원인을 제공해 준 것이 바로 이민철이다.

딸의 인생에 방향성을 잡게 해준 은인에게 그 정도 배려는 당연하다는 어투로 제안이 들어왔기에 민철은 부담 없이 승낙할 수 있었다.

"자, 여기가 오빠 방이에요."

이미 택배로 붙인 짐들이 민철의 방에 도달해 있었는지 다수의 박스들이 수북이 쌓여 있었다.

"방이 제법 큰데?"

"본래는 2인실인데 특별히 오빠라서 1명이 사용할 수 있게끔 해주는 거예요."

"과연……"

화장실과 세면실, 그리고 세탁기는 공용으로 사용하고 에어컨은 별도로 각 방에 설치되어 있다.

"냉장고는?"

"2층 출입구에 들어올 때 커다란 냉장고 하나 보셨죠? 그걸 공용으로 사용하시면 돼요."

"오케이. 알려줘서 고맙다."

혜진의 작은 머리를 쓰다듬어 주는 민철.

그러지 혜진이 살짝 얼굴을 붉힌 채 민철에게 묻는다.

"출근은 언제부터예요?"

"이틀 뒤."

"그럼 오빠, 오늘 저녁이나 같이 먹을래요?"

"나쁘지 않지."

"아싸!!"

혜진이 귀엽게 기합 소리를 내지른다.

그 모습에 민철은 어이없다는 시선으로 웃을 수밖에 없었다.

간단하게 짐 정리를 마치고 혜진과 저녁 식사에 임하게 된 민철은 우선 최소 2개월 동안 이 근방에 대한 정보를 최대한 모으기로 결심한다.

가이드 역할을 자처한 혜진이 손가락으로 여기저기를 가리키며 열심히 설명에 임한다.

"저 빌딩 보이시죠? 저기 안에 대형 서점도 있어요."

"서점이라······."

"그리고 이 횡단보도 건너서 쭉 길 따라 가시면 A마트도 있어요. 거기서 필요한 물건이라든지 그런 거 사 오시면 될 거예요."

"역은 어디 있어?"

"구로역은 A마트 바로 옆 블록에 있어요."

"그래, 고맙다."

스마트폰 어플 지도를 열람하며 혜진이 설명해 주는 정보들과 종합해 데이터로 환산한 뒤 머릿속에 저장을 시켜둔다.

차량을 소유하고 있긴 하지만 출근은 가급적이면 지하철을 이용할 생각을 하고 있는 민철이었다.

혜진도 민철이 차를 가지고 있다는 것을 알기에 왜 군이 지하철을 이용하는지에 대해서는 알 수 없었으나.

실질적으로 교통비만 따지고 보더라도 지하철이 훨씬 이득이기에 그러려니 하고 넘긴다.

그러나 민철은 거기에 더해서 차량을 이용하지 않는 또 다른 이유가 있었다.

인턴 기간, 즉 본사 정직원 입사를 앞둔 초짜 중에서도 초짜가 차량을 타고 다니면서 매장에 출근을 하면 그다지 좋아 보이지 않기 때문이다.

주차 공간도 그리 넓은 편도 아니고, 자신의 차량 때문에 괜히 지점장이라든지 직급 있는 사람이 매장 주차장도 아니고 다른 곳에 주차하게 된다면 말 그대로 잔소리감이 될 가능성이 크다.

사회에서는 직급에 따라 차량을 적절히 운용해야 하는 때가 있는 법이다.

물론 이에 대한 불만도 충분히 있을지 모르지만, 사회의 풍조를 거스르면서까지 민철은 자기 자신의 자존심을 내세우고 싶진 않았다.

"아, 이 가게 맛있어요!"

혜진이 손가락으로 근처에 있던 일식집을 가리킨다.

"너, 라면 좋아하냐?"

"라면이라기보다는… 인스턴트 면이 싫다고 해야 하나요? 너무 많이 먹으니까 때로는 질리잖아요. 그래서 가끔 여기 와서 일본 라면도 먹곤 해요."

"혼자서?"

"주로 언니랑 같이 오긴 하는데, 어쩔 수 없을 때는 혼자서 오기도 하죠."

"그럼 여기서 먹어볼까?"

"네!"

기쁜 표정을 지어 보이며 혜진이 민철의 팔을 잡고 가게 쪽으로 당기기 시작한다.

'연하의 여성에게 에스코트당하는 것도 나쁘진 않군.'

체린이 들으면 어마어마하게 분노할 대사였지만 민철은 크게 신경 쓰지 않기로 마음을 먹는다.

*   *   *

심곡 지점 매장으로 출근하기 전까지는 혜진과 여기저기 어울려 다니면서 하숙집 근방에 위치한 먹거리집, 옷가게, 마트나 미용실 등 생활 전반에 필수적으로 있어야 할 장소들을 소개받은 민철은 모든 정보들을 외우는 데에 성공한다.

이제는 혜진이 없이 혼자서도 잘 다닐 수 있을 법한 수준까지 오르긴 했지만, 그래도 아직 현지인 정도까지는 아니다.

"이 정도면 되겠지."

간편하게 먹을 수 있는 인스턴트식품들을 한쪽 구석에 고이 모셔놓은 민철이 고개를 끄덕인다.

이윽고 벽에 걸린 시계를 바라보더니 기지개를 펴며 말한다.

"오늘은 일찍 잘까."

내일이 바로 첫 출근.

기다리고 기다리던 첫 출근의 압박이라고 보기에는 민철의 현재 태도는 여유가 넘치고 있었다.

그리고 시간이 흘러 아침 해가 밝아오는 시간에 맞춰 민철이 눈을 뜬다.

가볍게 명상을 한 뒤 자리에서 일어나 세면세족을 마치고 깔끔하게 다려진 정장을 입는다.

"음……"

전신 거울이 없는 탓에 1층으로 내려간 민철.

마침 주방에서 설거지를 하고 있던 혜진이 민철을 발견한다.

"오~ 멋있는데요?"

혜진이 머리부터 발끝까지 민철을 쭈욱 훑어보더니 감탄사를 자아낸다.

면접을 볼 때도 정장을 입었지만, 혜진이 정장을 입은 민철을 보는 건 이번이 처음이었다.

체형 자체가 제법 쭉 빠진 미형이라 그런지 옷발도 잘 받는 타입이었다.

"잘 어울려?"

"물론이죠! …아, 잠시만요."

앞치마에 물기가 묻은 손을 닦은 혜진이 민철의 넥타이를 바라본다.

"넥타이가 비뚤어져 있어요."

스윽.

혜진이 넥타이의 손을 봐주고 있는 찰나에, 근처에서 몰래 이 상황을 지켜보고 있던 혜진의 언니가 비음 섞인 웃음소리를 낸다.

"누가 보면 신혼부부인 줄 알겠네?"

"시, 시끄러워!!"

부끄러운 모양인지 버럭 소리를 지르는 혜진이었으나, 민철은 그저 어색한 웃음만 지어 보인다.

하숙집을 나선 뒤 지하철에 몸을 실은 민철.

스마트폰을 매만지며 심곡 지점 매장을 향해 발걸음을 옮긴다.

부천역에 도착하자마자 걸어서 대략 10분 거리.

심곡 지점이 규모가 작은 이유 중 하나는 바로 길 건너 건너편에 청진전자 계열의 대규모 매장인 부천 지점 때문이었다.

부천 지점이 있으면서도 왜 심곡 지점이 자리 잡은 것인지 처음에는 궁금했지만, 본래는 부천 지점이 생기기 전에 심곡 지점이 먼저 자리하고 있었다는 말을 들은 적이 있다.

그러다가 도중에 괜찮은 부지에 자리가 나고, 거기에 대대적으로 부천역 바로 근처에 청진전자 매장을 설립했다고 한다.

덕분에 기존에 있던 심곡 지점의 위세는 날이 갈수록 점점 줄어들게 되었고, 결국 매장 축소라는 결과가 나온 것이다.

조만간 없어질지도 모르는 매장 중 하나지만 그래도 매사에 최선을 다해야 하는 게 바로 신입으로서 가져야 할 마인드 아니겠나.

"게다가 업무 평가도 걸려 있으니 말이지."

괜히 여기서 일할 직장도 아니라는 생각으로 대충대충 했다가는 낭패를 볼 수가 있다.

승진에 승진을 거듭하려면 초석(礎石)을 잘 닦아둬야 한다.

"여기군."

매장의 출근 시간은 오전 10시로 정해져 있다.

그래도 첫 출근이었기에 민철은 그보다 빠른 9시 출근을 목표로 매장에 도착했다.

"역시 작아."

부천 지점을 눈으로 훑다시피 하며 이곳에 오긴 했지만, 한 눈에 봐도 확연하게 매장의 규모 자체가 차이가 난다.

한 걸음, 그리고 한 걸음.

매장 안으로 들어서기 위해 문을 열어보지만…….

덜컹!

잠겨 있다.

설마설마 했지만… 정말로 잠겨 있을 줄이야.

"아직 아무도 출근을 안 한 건가."

대충 예상은 했으나 그래도 정말 잠겨 있을 줄은 몰랐다는 듯이 민철이 가볍게 혀를 찬다.

1시간 일찍 온 게 오히려 부작용이 발생한 것이다.

"그래도 정시 출근하는 것보다는 나은 편이겠지."

고개를 끄덕이며 근처에서 잠시 시간을 때울까 고민하는 민철.

그러나 신이… 아니, 고차원적 존재가 민철의 이런 모습을 불쌍하게 여긴 탓일까.

"혹시, 오늘 오시기로 하신 인턴분이세요?"

민철과 같이 정장 차림을 차려입은 한 남성이 잠겨 있는 매장 근처에서 어슬렁거리던 민철을 발견하자마자 말을 걸어온다.

비교적 젊은 나이로 보아서는 그다지 직급이 높아 보이진 않는다.

그러나 나이가 젊고 늙고를 떠나 이제 막 입사한 민철에게
는 선배임에 틀림이 없다.

"예, 맞습니다."

"이런… 기다리게 했네요. 죄송합니다."

"아닙니다, 제가 출근 시간 훨씬 전에 온 게 잘못인걸요."

"잠깐만요, 매장 문 열어드릴게요."

빠른 걸음으로 매장 입구로 향한 남성이 비밀번호를 누르
기 시작한다.

삑삑삑.

전자음의 소리와 함께 빠른 손놀림으로 번호를 터치하는
남성의 모습.

반면, 어깨 너머로 슬쩍 비밀번호를 보며 은근슬쩍 외워두
기 시작하는 민철이었다.

*   *   *

"자자, 들어오세요."

남성의 뒤를 따라 매장 안으로 들어서는 이민철.

낡은 계단이 세월의 흔적을 알려주고 있었다.

"1층이 주로 진열과 매장으로 사용되는 곳이고, 2층이 사

무실 겸 서비스 센터로 운영되고 있어요."

"아… 그렇군요."

"그러고 보니 자기소개가 아직이었군요. 반갑습니다. 유석
인이라 합니다."

보통은 자신을 소개할 때 명함을 건네곤 한다.

그러나 석인은 명함을 건네지 않고 악수로 대신하는 모습
을 보인다.

"반갑습니다. 이번에 새로 일하게 된 이민철이라고 합니다."

"본사 채용에 합격하신 분이죠? 대단하시네요. 저는 이 심
곡 지점도 겨우 합격했는데."

"합격……?"

"네. 저도 여기 인턴이에요. 이제 막 1개월 됐지만요."

"아, 그렇군요."

석인이 배시시 웃어 보이며 민철에게 잘해보자는 식으로
말한다.

"인턴끼리 서로 친하게 지내요. 물론 민철 씨는 저 따위와
클래스가 많이 다르지만요."

"하하. 그럴 리가 있겠습니까? 심곡 지점도 충분히 좋아 보
이는데요?"

"하아. 요즘은 부천점 때문에 그다지 매출도 안 좋고, 게다
가 같은 계열도 아닌 다른 계열 매장들도 여기저기 들어서고

있어서 별로 상황은 안 좋아요."

쩨나 현실적인 이야기를 하기 시작하던 석인이 뒤늦게 머리를 긁적이며 민철을 안내한다.

"일단 사무실로 갈까요?"

"네, 그러죠."

아직 1시간이라는 시간적 여유가 있기에 민철은 욕심을 부리며 일부러 1층 먼저 들어가려 하지 않는다.

계단을 올라 2층에 도달한 이들.

석인이 또다시 익숙하게 비밀번호를 누른다.

그 모습을 뒤에서 관찰하고 있던 민철이 납득했다는 듯이 고개를 끄덕인다.

'건물 출입구와 동일한 비밀번호군. 보안상 문제가 있겠는걸.'

사무실 안으로 들어설 때 민철이 든 생각은 하나였다.

작다!

그야 당연한 말일지도 모르지만… 생각보다 너무 작다.

"하하, 저희 사무실이 작긴 하죠."

민철의 표정을 보고 그가 무슨 생각을 하고 있는지 알아차린 모양인지, 아니면 처음 오는 사람들마다 좁다고 아우성을 부린 사례가 많은 것인지 능숙하게 사무실을 가리키며 설명에 임한다.

"애초에 매장에서 판매를 주 업무로 하는 영업진이라든지 서비스 센터에서 수리 업무를 보는 직원들은 사무실을 사용할 일이 없으니까요. 주로 과장님이라든지 부지점장님, 아니면 지점장님 정도밖에 없어요."

"일반 사원들 자리는 없는 겁니까?"

"조금 큰 매장은 있다고는 하는데 저희는 없다고 봐야죠. 경리 같은 사무적인 일 아니면 대부분 2층 서비스 센터나 1층 매장에서 시간을 보내는 편이니까요. 대신 각 팀별로 휴식 공간은 마련되어 있어요."

"그렇군요."

"민철 씨는 어느 쪽에서 활동하시는 건가요?"

"아직 딱히 정해진 건 없는 걸로 압니다."

본사 채용 인사들은 각 청진그룹 계열 매장에서 실무 업무를 배우고, 자신에게 적합한 부서에 지원하거나 아니면 어느 한쪽으로 특출 난 재능을 보여준 인턴이라면 청진그룹에서 자체적으로 그 인물에게 부서를 따로 발령하곤 한다.

민철의 경우에는 우선 가능성을 열어두고 싶었기에 가급적이면 이번 수습 기간을 통해서 전반적인 업무를 배우고 싶어 했다.

물론 그의 능력이라고 한다면 보나 마나 영업 쪽에 배치되는 것이 가장 현명한 선택이지만, 솔직히 민철은 화술이라는 자신의 능력을 살리는 것도 좋지만 모처럼 다른 세계에 왔으니 가급적이면 이 세계에 대한 정보를 최대한 많이 모으고 싶어 했다.

학구적인 열정 또한 대단하다고 정평이 나 있던 인물이 바로 레이폰 더 데스사이드라고 할 수 있다.

'여러 가지 해보고, 가장 자신이 있는 부서에 지원하면 되겠지.'

우선은 인턴 기간을 무사히 넘겨야 한다.

그것이 일차적인 목표이기 때문이다.

"이거 드세요."

"감사합니다."

석인이 타온 커피 한 잔을 받아 든 민철이 1층 매장에 따로 마련되어 휴게실에서 잠시의 휴식을 취한다.

1시간 이전에 도착한 이들은 간단하게 매장 문을 열기 전에 바닥 청소를 먼저 끝내둔 상태였다.

민철도 석인을 도와 매장 청소를 마치고 난 뒤에 커피 한 잔의 여유를 가질 수 있었다.

"민철 씨가 부럽네요."

"저 말인가요?"

"네. 본사 인턴의 경우에는 웬만하면 정직원으로 전환될 수 있다면서요?"

"그만큼 본사 채용이 되기 위해서 훨씬 까다로운 조건을 클리어해야 했지만요."

"물론 그렇겠죠. 그치만 같은 인턴 입장에서는 그게 부러 울 따름이에요."

"……."

"사실은 저 말고 2명의 인턴분들이 더 계시거든요. 한 명은 여성분이시고, 한 명은 남성. 저랑 똑같이 입사하신 분들이긴 한데, 저희 3명은 목숨 걸고 인턴 기간을 보내고 있으니까요."

그들의 입장에서 보자면 민철의 지위가 매우 부러울 수밖 에 없을 것이다.

미친놈만 아니면 본사에 입사할 수 있는, 보장된 성공길이 니까 말이다.

"어머."

출근 시간 30분 전.

두 명의 여성이 휴게실에서 잡담을 나누고 있던 민철과 석 인을 발견한다.

"안녕하세요, 석인 씨."

"안녕하세요. 수지 씨, 태희 씨."

단발머리를 한 여성과 더불어 제법 긴 생머리를 하고 있는 젊은 여성이 석인의 말에 마주 인사해 준다.

둘 다 꽤나 젊어 보이는 여성들이어서 혹시 민철은 둘 다

인턴이 아닐까 의심해 보지만, 아까 석인의 말을 적용시키면 인턴 중 여성은 한 명뿐이라고 했다.

"소개해 드릴게요. 이쪽은 서수지 씨, 저희랑 같은 인턴분이세요."

"반가워요."

수지가 슬쩍 입꼬리를 올리며 민철에게 인사한다.

옆에 있던 여성은 석인이 소개해 주기 전에 먼저 한 발 나서서 자기소개를 하기 시작한다.

"경리로 일하고 있는 오태희라고 해요. 정직원은 아니고요, 계약직이에요."

"잘 부탁합니다. 전⋯⋯."

"이민철 씨 맞죠?"

대뜸 수지가 먼저 민철의 말을 끊는다.

자기소개를 하려 했던 민철은 순간 말을 멈추고 고개를 끄덕인다.

"예. 이미 다 알고 계신 모양인가 보군요."

"오늘 본사 채용에 합격하신 분이 올 거라고 어제 다들 지점장님한테 들었거든요. 민철 씨, 우리 매장에서 인기 스타예요. TV에도 합격 인터뷰 한 거 방송으로 나왔잖아요?"

"하하, 부끄럽습니다."

합격자 중 대표로 잠깐 신라일보 최 기자를 통해서 인터뷰를 했던 게 뒤늦게 기억이 난다.

"아무튼 반가워요. 잘 지내봐요."

"예, 잘 지내봅시다."

순차적으로 수지와 태희의 악수를 마주 받아준 민철.

여성 직원들이 잠시 자리를 비운 사이에 석인이 키득키득 웃는다.

"우리 지점 여자들은 기가 좀 세니까 잘 적응하셔야 돼요."

"그렇군요. 대뜸 제가 말하기 전에 먼저 치고 들어와서 조금 당황했습니다."

"게다가 예쁘죠? 수지 씨는 특히나 인기가 많아요."

"남자 직원들한테요?"

"네. 남자친구가 있는데도 인기가 제법 있다고요. 대단하죠?"

"석인 씨도 그중의 한 명인 거 아닌가요?"

"하하! 민철 씨, 농담도 참."

첫 출근이긴 하지만 민철은 유석인이라는 직장 동료와 그다지 어렵지 않게 친해진 거 같아서 내심 기분이 좋아진다.

출근 시간 10시가 다 되어서야 드디어 심곡점 모든 인원이 집합할 수 있었다.

"어흠. 잠깐 주목해 보세요."

심곡점에서 일하고 있는 고성준 과장이 모두의 시선을 모은다.

아직 출근하지 않은 지점장을 제외하곤, 좀처럼 보기 힘들게 모든 직원들이 한자리에 모이게 되었다.

"오늘부터 2개월 동안 같이 일하게 될 이민철 씨입니다."

"안녕하세요. 심곡점에서 인턴으로 일하게 된 이민철이라고 합니다. 부족한 것도 많지만 열심히 할 수 있도록 노력하겠습니다."

짝짝짝—!

민철의 말이 끝나자마자 우레와 같은 박수 세례가 쏟아진다.

말로만 듣던 본사 채용 인재가 심곡점에 발령이 난 것이다.

어제 고 과장으로부터 말을 듣긴 했지만 직원들은 유독 민철에게 관심을 쏟을 수밖에 없었다.

2개월 뒤 청진그룹 본사에서 일할 사람인데 미리미리 인맥을 다져 놓고 싶다는 눈빛이 여기저기서 새겨지고 있었다.

이들의 속마음을 민철이 모를 리가 없었다.

'본사 채용에 합격한 보람이 설마 이런 곳에서 느껴질 줄이야.'

인간이란 실로 탐욕스러운 존재다.

자신에게 도움이 될 만한 인간과 도움이 되지 않는 인간을 명확하게 구분한다.

그리고 전자에게 어떻게든 잘 보이려고 최대한 아부를 떠는 게 탐욕스러운 인간의 전형적인 모습이라 할 수 있다.

　"그럼 이민철 씨, 앞으로 잘 부탁해요."

　"저야말로 잘 부탁드리겠습니다, 고성준 과장님."

　중년 남성의 손을 마주잡으며 깍듯이 과장을 대한다.

　비록 민철이 본사 직원이라고는 하지만 아직까지 정직원으로 전환된 것은 아니다.

　그리고 무엇보다 민철은 타인의 위에 올라 갑(甲)으로서의 횡포를 부리는 걸 가장 경계하는 인물이기도 하다.

　늘 자신을 낮춘다.

　겸손은 민철이 가진 최대의 무기이기 때문이다.

　물론, 강하게 나갈 때는 강하게 나가지만 말이다.

　"자자."

　고 과장이 손뼉을 몇 번 마주치면서 말한다.

　"슬슬 매장 열 시간이니까 각자 부서로 돌아가서 일합시다."

　"예!"

　기운차게 대답한 직원들이 제각기 자신들이 일할 장소로 향한다.

　직원들을 돌려보낸 고 과장이 민철에게 슬쩍 손짓을 한다.

　"민철 씨는 절 따라오세요."

　"네. 아… 그리고 말 편하게 하셔도 됩니다, 과장님."

"어허. 그래도 본사에서 일하게 될 인재에게 그런 태도는……."

"저도 여기서 인턴으로 일하게 된 이상 다른 직원분들과 동등하게 대해주셨으면 좋겠습니다. 현장 일을 몸소 배우고 체험하는 게 인턴의 목적이니까요."

"하하. 그럼… 거절할 이유가 없겠구만."

과장을 따라 2층 작은 사무실로 올라선다.

그곳에는 경리인 오태희가 먼저 올라와 키보드를 두들기고 있었다.

"미안한데 커피 한 잔 내올 수 있겠나?"

"아, 네. 잠시만 기다려 주세요."

태희가 익숙하게 자리에서 일어서 어디론가 향한다.

"자, 여기 앉게."

"예."

고 과장과 마주 앉은 민철.

제법 체격이 괜찮은 고 과장이 맞은편 소파에 앉는다.

"그래… 어디 보자. 우리 매장의 첫인상은 어떤가?"

"직원들도 얼굴에 생기가 돌고, 특히나 과장님의 우수한 리더십 때문인지 체계가 딱 잡혀 있는 그런 느낌을 받았습니다."

"이 친구, 벌써부터 아부가 심하구만. 하하. 나 때문이겠는가. 이게 다 지점장님 덕분이지."

"그러고 보니 지점장님은⋯⋯."

"어제 늦게까지 거래처와 술자리를 가지느라 오늘은 좀 늦게 출근하실 게야. 대부분 접대 자리는 지점장님께서 나가시거든."

"힘드시겠군요."

"아닐세. 지점장님이 원래 술자리를 엄청 좋아하시거든. 그래서 일부러 나가는 것도 종종 있네. 거래처랑 접대성 술자리를 가지면 본인 돈도 아끼고, 회사 지출결의서로 빠져나가니까 좋지 않겠나? 공짜 술도 먹을 수 있고⋯ 당연한 말이겠지만, 지점장님 앞에서는 내가 이런 이야기 했다는 거 비밀이야. 알고 있겠지?"

"물론입니다."

"하하하! 그럼 부탁 좀 하겠네."

고개를 끄덕이며 걱정하지 말라는 듯이 고 과장을 안심시켜 준다.

처음 온 민철에게 이렇게 말할 정도면, 고 과장은 꽤나 입이 가벼운 사람이 아닐까 싶다.

*   *   *

"그럼 대략 우리 매장이 어떻게 돌아가는지 알려줘야겠네만… 이걸 어쩌나."

고 과장이 난감하다는 표정을 지으며 민철을 바라본다.

"지점장님이 출근을 늦게 하신 덕분에 결재를 전부 내가 떠맡아야 될 판국이라서 좀 바쁜데……."

"아, 그거라면 윤 주임이 맡겠다고 연락 왔었어요."

태희가 키보드를 두들기다가 도중에 고 과장의 말을 듣더니 아차 하면서 말을 꺼낸다.

"준호가?"

"네. 오늘 지점장님 늦게 출근하신 거 아시고 신입분 안내는 윤 주임 자신이 할 거 같다고 본인이 말하던데요?"

"그 친구가 눈치가 있구만. 준호 좀 불러와 주겠어?"

"알겠어요."

수화기를 들더니 윤 주임이라 불리는 인물에게 호출을 보내는 듯싶다.

그리고 잠시 뒤.

"부르셨습니까, 고 과장님."

평범한 인상을 지니고 있는 남성이 모습을 드러내며 고 과장에게 익숙하게 인사한다.

그와 동시에 고 과장이 윤 주임을 가리키며 민철에게 소개한다.

"우리 매장에서 주임직을 맡고 있는 윤준호라네. 실무라든지 이런 건 아마 윤 주임이 직접 알려주게 될 거야."

"맡겨만 주세요, 고 과장님. 아, 잘 부탁드립니다."

민철에게 악수를 건네는 윤준호.

마주 손을 잡아주며 민철도 인사를 건넨다.

"저야말로 잘 부탁드립니다."

"그럼 준호야, 민철이 안내해 주고 조금 이따가 지점장님께서 회식 잡자고 하니까 사원들에게도 그렇게 알려줘라."

"네, 알겠습니다."

회식 이야기가 나오자 태희가 뭔가 의견이 있다는 듯이 손을 들어 의견을 표출한다.

"또 거기 횟집은 안 돼요, 고 과장님. 그 가게 맛없다구요."

"하하하, 알겠네, 알았어. 내가 지점장님한테 잘 말해둘 테니까 너무 걱정 마. 우리 귀여운 여사원들을 곤란하게 할 순 없으니까."

사무실을 나서면서 민철은 '이 근처 횟집은 맛이 없음' 이라는 새로운 정보를 머릿속에 새겨둔다.

1층으로 내려간 윤 주임이 작게 한숨을 내쉬며 사무실을 올려다본다.

"하여간 능구렁이라니까."

"고 과장님 말씀이십니까?"

"뭐… 대략 그런 셈이지. 아, 민철 씨도 대충 눈치챘어?"

상관의 험담은 부하들의 좋은 간식거리 중 하나다.

민철도 고 과장과 몇 마디 나누면서 그의 사람됨을 어느 정도 파악할 수 있었다.

"대략적으로요."

"고 과장님은 특히나 입이 너무 가벼워서 탈이야. 그리고 은근히 여사원들한테 성희롱 발언도 툭툭 내뱉는다고."

"성희롱이라……."

"뭐, 그 정도가 약해서 그렇지 누가 봐도 여사원들에게 사심 섞인 시선이라니까. 여사원들도 알고는 있지만… 그렇기에 여자들이 더 무서운 법이야."

고개를 끄덕이는 민철.

윤 주임이 하고자 하는 말이 무엇인지 민철도 잘 알고 있다.

남자는 여자에 약한 생물이다.

게다가 특히나 젊은 여성이라면 더더욱.

여성도 그 점을 알기에 일부러 고 과장을 이용하는 듯한 모습을 보일 때가 있다.

자신의 젊음과 아름다움을 이용해 남자를 홀리는 여자들은 역사적으로 찾아봐도 그 경우가 매우 많이 목격된다.

레디너스 대륙 때에는 그 대표적인 사례로 어느 한 나라의 국왕을 홀린 젊은 여성의 일화가 유명하다고 꼽을 수 있다.

"여기가 1층 매장. 아까 석인 씨한테 들으니까 같이 청소했었다며?"

"네, 그렇습니다."

"민철 씨도 알다시피 그다지 넓은 매장은 아니야. 가전제품 몇 개하고 요즘은 스마트폰 기종을 주력으로 삼고 있어서 그쪽 판매에 치중하고 있는 중이지. 시간대가 시간대인지라 지금은 손님도 별로 없어. 그냥 대충 시간 때우다가 점심 먹고, 슬슬 해 저물고 저녁때쯤에 본격적으로 일한다 생각하면 돼."

"알겠습니다."

"그리고 어디 보자… 2층에는 서비스 센터. 본래 우리 쪽에는 서비스 센터가 없었는데 얼마 전에 부랴부랴 만들었지."

"부랴부랴?"

"우리는 대표적인 서비스업이니까. 지점장님이 본사에 의뢰해서 어찌저찌 강제적으로 신설하긴 했어. 그래 봤자 직원도 얼마 안 되고, 수리할 수 있는 범위도 좁아. 내가 보기에는 말 그대로 돈 낭비라고 생각하지만 말이야."

실무진과 경영진의 시점 차이는 늘상 존재하게 마련이다.

그 사실을 잘 알기에 민철은 그저 고개를 끄덕이는 것만으로 대답을 대신할 수밖에 없었다.

"대충 이 2곳에서 활동하는 게 우리들의 주 업무야. 그러니까 민철 씨는 그냥 어영부영 2개월간 시간 때우다가 가면 돼."

"하하하."

그다지 업무에 대한 의욕이 느껴지지 않는 사람이다.

민철이 받은 윤 주임에 대한 첫인상이었다.

심곡점의 일상은 말 그대로 평화 그 자체였다.

어차피 손님들은 부천점 혹은 경쟁업체 쪽에 가느라 거의 없다시피 했고, 게다가 오전 시간대인지라 손님도 별로 없었다.

그렇게 어정쩡하게 시간을 때운 직후에 식사를 하러 가기 위해 사원들이 제각각 그룹을 맺어 움직이기 시작한다.

"윤 주임님, 오늘은 뭐 먹습니까?"

석인의 물음에 윤 주임이 잠시 생각에 잠긴다.

"중식은 어제 먹었으니까 다른 거 먹고 싶은데."

"그렇다면……"

뭔가 의견이 있는 모양인지 석인이 말을 꺼내려던 찰나였다.

"점심 하면 역시 '시골밥상' 아니겠는가?"

"고, 고 과장님?!"

생각지도 못한 인물의 등장에 석인과 윤 주임이 화들짝 놀라며 고 과장을 바라본다.

시골밥상이라니.

'가게 이름을 뜻하는 건가.'

나름 추측을 시도해 보는 민철이었다.

그의 가설대로 가게 이름인 모양인지 고 과장이 윤 주임과 석인의 어깨에 손을 올리며 말한다.

"반응이 왜들 그러나, 설마 나랑 같이 밥 먹기 싫어서 그러는 건 아니겠지?"

"그, 그럴 리가 없지 않습니까? 하하……."

윤 주임의 표정은 누가 봐도 '같이 먹기 싫다' 였다.

그러나 대놓고 그렇게 말하는 부하 직원은 회사를 통틀어 봐도 극소수에 불과하다.

만약 있다고 한다면 퇴사를 얼마 앞두지 않은 직원이거나 아니면 퇴사를 결심한 직원이거나 둘 중에 하나일 터.

윤 주임은 그래도 오랫동안 일하고 싶은 소망이 있나 보다.

"우리 민철이도 왔으니까 내가 또 잘 보여야지. 하하하!"

"과찬이십니다, 고 과장님."

"아니야, 아니야! 본사로 갈 인재분과 잘 알아두는 건 여러 모로 이점이 되니까 말일세. 그리고… 아, 이건 밥 먹으면서 이야기하지."

입이 가벼운 고 과장인지라 또 뭔가 한 가지 사실을 털어놓나 싶더니만, 이내 주변 사원들의 눈치를 보며 식사를 재촉한다.

시골밥상이라는 가게에 들어오자마자 고 과장이 내뱉은

발언은 민철의 입장에 있어서 결코 가벼운 게 아니었다.

"실은 말이야. 내가 자네 업무 평가를 쓰게 되었거든."

이민철의 업무 평가를 작성하게 된 게 바로 자신이라는 점을 어필한 것이다.

그것도 윤 주임과, 그리고 같은 인턴인 석인의 앞에서.

"제가 듣기로는 지점장님께서 하신다고 들었습니다만."

"맞아. 하지만 아침에 내가 자네에게 말했듯이 지점장님은 여기저기 술자리에 불려 다니느라 사실 거의 매장에 잘 안 계시거든. 그래서 지점장님이 나에게 그 업무를 맡기셨지."

'흐음… 과연, 그렇군.'

말은 그렇게 할지 몰라도 분명 그들 간의 모종의 거래가 있었으리라.

그리고 윤 주임과 석인의 민철에게 일부러 이 사실을 말하는 건.

'기 싸움이라는 건가.'

고 과장은 말을 가볍게 해도 밀고 당기기를 잘하는 인물이었다.

성희롱 발언 역시도 여사원들의 심기를 불편하게 하지 않게 만들면서도 자기만족도(?)를 올릴 수 있을 만큼 그 수위를 유지했기에 지금까지 여사원들의 불만을 직접적으로 받지 않았던 것일 수도 있다.

"하하하! 물론 대놓고 '나한테 잘 보여!'라고 말하는 게 아 닐세. 그냥 그렇다고. 모르는 것보다 알고 있는 게 나을 듯싶 어서 알려주는 거야. 하하!"

"그렇군요. 고 과장님의 높으신 안목을 믿고 있겠습니다."

"이런, 벌써부터 사탕발림하는 것처럼 들리는데? 큰일이 야! 하하!"

마주 웃어주는 이민철이었지만.

그의 웃음은 '거짓' 웃음이었다.

고 과장은 자신과 줄다리기 싸움을 하고 있다.

인턴이면서도 본사 채용이라는 우수한 업적을 달성한 자 가 바로 이민철.

어찌 보면 본사에서 일할 그가 나중에 가면 고 과장보다도 더 높은 위치에 설지도 모른다.

그렇기 때문에 고 과장은 일부러 민철과 엮이려는 계획을 세우는 것처럼 보인다.

업무 평가 권한을 가지고 있다는 건 분명 커다란 메리트가 있다.

사실 그의 평가에 따라 민철의 정직원 전환에 커다란 문제 가 생기는 건 아니다.

어디까지나 업무 평가는 절차의 일환이다.

본사 채용 설명회에서도 말했듯이, 치열한 본사 경쟁을 뚫은 인재들은 웬만큼 미친놈이 아니고서야 정직원으로 전환시켜 준다고 차 실장이 말했다.

그런데 굳이 업무 평가가 고 과장에게 중요한 요소로 작용하는 건 다름이 아니다.

민철이 무사히 정규직으로 전환될 경우, 고 과장은 '내가 업무 평가를 잘 줘서'라는 일종의 핑곗거리가 생긴다.

즉, 민철은 강제적으로 고 과장에게 계획에도 없는 은덕을 입게 되는 것이다.

'정말로 능구렁이 같은 인물이로군.'

게다가 일부러 윤 주임과 석인의 앞에서 말했다는 건, '증인'이 필요하다는 것일 터.

비밀은 본래 3사람 이상 알게 된 시점부터 이미 비밀이 아니게 된다.

분명 업무 평가를 담당하게 되었다는 게 고 과장이라는 정보가 매장 전역에 퍼질 것이다.

"아무튼 그렇게 되었다고. 자자, 밥이나 먹자!"

"아주머니, 여기 주문 좀 받아주세요―!"

석인이 익숙하게 고 과장의 말이 끝나자마자 손을 번쩍 들고 주문 요청을 한다.

아주머니 한 명이 오더니 차례로 주문을 받기 시작한다.

"오늘은 내가 살 테니 다들 먹고 싶은 거 먹으라고."

"가, 감사합니다."

윤 주임이 대표로 감사 표현을 하지만.

이들의 시선은 메뉴판에 고정된 채 나지막이 한숨만을 내쉴 뿐이었다.

'백반집에서 먹고 싶은 걸 고르라고 해봤자……'

별 의미 없는 배려였음을 뒤늦게 깨달은 민철이었다.

*   *   *

점심식사 이후부터는 본격적으로 업무에 들어가나 싶었지만.

역시 마찬가지로 한가하기 그지없는 매장이었다.

"이런 곳이 잘도 돌아가는군."

무리한 서비스 센터 운영을 왜 추진했나 싶더니만 지점장 나름대로 현재의 위기를 극복하기 위해 내세운 방안 중 하나가 아닐까 싶다.

하지만 결과는 그다지 좋지 않은 것으로 보아 실패한 대책으로 보인다.

전반적으로 쭈욱 심곡점이 어떻게 돌아가는지에 대해 파악한 민철은 저녁 9시 즈음에 등장한 지점장의 얼굴을 처음 볼 수 있었다.

"어이쿠, 지점장님 오셨습니까!"

고 과장이 매장으로 들어서는 지점장에게 다가가 늦은 인사를 한다.

딱 봐도 술을 좋아할 것 같은 인상의 남성.

볼록 튀어나온 배는 아마 술배이리라 예상된다.

"이민철 씨 맞나?"

"예, 제가 이민철입니다."

"반갑네. 내 자네 때문에 이렇게 부랴부랴 온 거야. 하하! 인상도 훤하고 잘생겼구만!"

"감사합니다. 지점장님도 처음 봤을 때는 20대인 줄 알고 놀랐습니다."

"이 친구가 말도 잘하네, 하하하!"

보이는 사탕발림이지만 그래도 알면서도 기분이 좋아질 수밖에 없다.

칭찬이란 본래 그런 힘을 지니고 있기 때문이다.

*　　　*　　　*

대략 10시가 다 되어서야 매장 뒷정리 및 퇴근 준비를 마치게 된 직원들.

아니, 사실은 퇴근이 아니라 또 다른 업무를 준비한다.

이름하야 회식이란 이름의 업무를.

"어서 오세요, 기다리고 있었습니다."

인상 좋은 사장이 직원들을 가게 안으로 들여보내기 시작한다.

매장 근처에 있는 제법 넓은 고깃집 안으로 들어선 직원들이 한두 명씩 자리에 앉기 시작하는데.

서로 지점장이랑 같은 테이블에 앉기를 꺼려하는 직원들의 눈초리가 너무나도 확연하게 드러난다.

'흐음.'

짧게 고민을 마친 민철이 당당하게 지점장이 앉은 테이블로 향한다.

"지점장님, 자리 괜찮습니까?"

"나야말로 괜찮지! 허허, 다들 나랑 합석하는 건 별로 안 좋아하는데 민철 씨는 다르군!"

"편하게 불러주시기 바랍니다, 지점장님."

"그래? 어허… 이래도 되나 모르겠네. 미래의 엘리트 인재에게 함부로 이름을 부르는 건……."

그때 고 과장이 슬쩍 지점장과 민철이 앉아 있는 테이블에 합석하면서 대화에 참가한다.

"저도 민철이라고 부르고 있으니까 지점장님도 부디 편하게 부르시면 됩니다."

"벌써 말 놓았는가? 그럼 나야 편하지! 민철이!"

"예, 지점장님."

"하하! 젊은 청년이 눈빛이 아주 살아 있어! 인상도 훤하고! 내 아는 조카 여자애가 한 명 있는데 한번 만나볼 텐가?"

슬쩍 자신의 조카랑 민철을 엮어주려는 사심을 보인다.

이번 기회에 청진그룹 내부에서 높은 곳까지 올라갈지도 모르는 인재와 친인척 관계를 맺어두려고 하는 심보였다.

보통 같으면 정중히 사양을 하겠지만, 민철은 빠르게 머리를 굴린다.

'여기서는 거절보다는 두루뭉술하게 둘러대는 편이 좋겠지.'

고 과장이 자신에게 시도한 바로 그 '줄다리기'를 이번에는 지점장에게 시도한다.

"시간이 되면 한번 만나보겠습니다만……."

"오, 그래?"

"지점장님의 조카분이라면 모든 남자들이 탐내는 지성과 미모를 겸비한 그런 여성분일까 걱정도 됩니다. 저 같은 초짜 신입이 과연 어울릴 만한 남자가 될지……."

"하하하! 너무 겸손하구만, 이 친구. 자네 정도 스펙이면 여자들이 눈을 뒤집어 까고 유혹하려고 난리를 피우는데 말이야."

실제로 민철이 매장에서 몇 번 돌아다닐 때마다 여사원들의 사심 섞인 시선을 많이 접하곤 했다.

나름 제법 괜찮게 생긴 외모에 평소 운동을 겸하고 있었기에 몸도 예전의 이민철에 비해 탄탄해졌다.

게다가 청진그룹 본사 채용 최우수 합격자 아니겠는가.

미래의 서방님으로 모셔도 부족함이 없을 훌륭한 인재임에는 틀림이 없다.

그러나 민철을 미리 낚아챈 여성이 존재하고 있었기에 민철도 대놓고 요즘 자주 표현되는 '썸 타기'를 노골적으로 진행하진 않는다.

'체린이 알면 무진장 화내겠지만, 이것도 다 직장생활의 일환이니까.'

홀로 독백의 시간을 잠시 가졌던 민철의 귓가에 지점장의 목소리가 더더욱 커진다.

"우리 쪽 테이블에 자리가 하나 비는데! 누가 앉으려나 모르겠네."

테이블당 4명이 앉을 수 있는 자리였기에 민철의 옆자리가 비게 된다.

맞은편에는 고 과장과 지점장이, 그리고 반대쪽에는 민철이 앉은 꼴이 되었다.

잠시 머뭇거리던 사원들.

그 모습을 바라보던 민철이 가볍게 한숨을 내쉰다.

회식이라 함은 업무의 연장선이다.

물론 상관과 같은 테이블에 앉는 건 매우 부담스러울지 모르지만, 이렇게 대놓고 아무도 같이 합석하기 싫다는 티를 내서는 안 된다.

그렇기 때문에 민철은 일부러 자원해서 지점장과 합석을 하게 된 것이다.

친한 직장 동료들끼리만 앉으려고 서로 눈치 싸움을 한다면 윗사람에게 불편한 시선을 받게 마련이다.

"저요, 제가 앉을게요."

손을 번쩍 들면서 다가오는 사람은 바로 경리를 맡고 있는 오태희 사원이었다.

들고 있던 겉옷과 샌드백을 구석에 놓고 민철의 옆에 앉는 태희에게 고 과장이 눈을 반짝이며 말한다.

"역시 우리 오태희다워! 남자들끼리 앉아 있으면 칙칙하니까 여자 한 명 정도는 앉아 있어야지. 안 그럽니까, 지점장님?"

"하하하! 그러게 말이야. 여사원 한 명 앉은 것만으로도 분위기가 화사해지는 기분이구만!"

젊은 친구에 여사원까지 합석하자 지점장의 기분이 살짝 올라가기 시작한다.

반면 민철은 태희의 용기에 박수를 쳐 주고 싶었다.

은근슬쩍 성희롱 발언으로 유명한 고 과장에 말 그대로 술
자리에서는 상남자라 불리는 지점장과 같이 합석할 수 있는
여사원은 몇 안 될 것이다.

"고맙습니다, 태희 씨."

민철이 작은 목소리로 감사를 표한다. 분위기가 난감해지
면 같은 테이블에 앉은 민철도 어색한 분위기를 치유하기 꽤
나 힘들었을 것이다.

그러자 태희가 빙그레 웃으며 역시 마찬가지로 작게 중얼
거린다.

"뭘요. 민철 씨 혼자서 두 분 상대하는 거 힘들어 보이니까
온 것뿐이에요."

걸걸한 남자의 목소리보다 역시 달콤한 여성의 목소리가
민철에게도 듣기 좋을 수밖에 없었다.

무르익어 가는 회식 자리.

자글자글 소리를 내며 익어가는 고기 앞에서 지점장과 고
과장의 분위기도 점점 타오르기 시작한다.

워낙 술자리를 좋아하는 지점장이었기 때문에 모처럼 이
렇게 전 직원이 모인 회식자리에 기분을 내지 않을 수가 없었
던 것이다.

"그럼 우리 민철이, 심곡점에 왔으면 우리 회사 전통에 따

라서 '그걸' 해야 하지 않겠나."

"그거 말입니까?"

민철이 되묻지 태희가 어색하게 웃으면서 지점장의 의견을 만류해 본다.

"지점장님, 초반부터 그렇게 민철 씨 달리게 하면 좀……."

"어허, 태희 씨 혹시 민철이 감싸주려고 그러나?"

"그, 그런 건 딱히 아니지만……."

"괜찮아, 괜찮아. 건장한 20대 남성 아니겠나. 자, 고 과장! 우선 그거 준비하게!"

"예, 알겠습니다."

고 과장이 지점장의 말에 따라 윤 주임을 부른다.

"준호야, 그거 만들어줘라."

"…고 과장님. 정말 해도 되는 겁니까?"

"물론이지! 여기 인턴들도 다 한 사발씩 마셨잖냐."

"그치만 그거 마시고 멀쩡했던 사람들은 없었잖아요. 그 자리에서 오바이트하거나 아니면……."

괜히 지점장의 기분을 다운시킬까 봐 두려워 혹시나 말을 하지만 고 과장의 고압적인 태도는 어쩔 수 없었다.

결국 민철의 앞에 도달한 건 다름이 아닌…….

'뭐지, 이건?'

술이다.

술이라는 것은 알겠으나.

안에 도대체 뭐가 들어갔는지 모르는 술이었다.

게다가 양도 어마어마하다.

'완전히 한 사발에 가득 들이부었구만.'

민철은 레디너스 대륙에 있을 때에도 꽤나 술을 좋아하는 편이었다.

그러나 이렇게까지 무식하게 술을 종류별로 마구 들이부은 술잔은 처음 받아본다.

아니, 애초에 술잔도 아니지만 말이다.

'이런 걸 왜 먹이는 건지 모르겠군.'

혀를 차면서 사발을 내려다보던 민철.

그때 태희가 민철의 왼팔을 살짝 붙잡으며 작은 목소리로 속삭인다.

"무리하지 마세요. 저번에도 인턴분들이 마셨다가 토하고 기절하고 난리도 아니었어요."

그 정도의 위력을 가진 폭탄주였다.

그러나 민철은 알고 있다.

자신이 이 사발을 마시지 않으면 회식 자리의 분위기를 망친다는 것을.

엄밀히 말하자면 회식 자리에서 최고 지위를 차지하고 지점장의 기분을 다운시킨다고 봐야 한다.

회식 자리는 군대와 똑같다.

상병이든 병장이든 하사든 그들의 기분과 컨디션은 아무런 상관이 없다.

한 중대를 기준으로 놓고 보자면 그 중대장이 기분 좋으면 부대 전체가 기분이 좋은 것이다.

즉, 회식의 분위기는 지위가 가장 높은 사람의 기분에 따라 모든 것이 결정된다.

'마시는 수밖에 없겠지.'

사발을 통째로 들어 올리는 민철.

그의 모습에 모두가 '오오오!' 소리를 자아낸다.

반면, 걱정스러운 표정으로 민철을 바라보는 이들도 있었다.

'민철 씨, 제발 살아 돌아오시길!!'

폭탄주 사발을 마셔본 경험이 있는 석인이 민철을 향해 속으로 응원을 보낸다.

그러나 그 응원은 쓸모없는 걱정이었을 뿐이다.

벌컥, 벌컥, 벌컥!

말 그대로 원샷!

있을 수 없는 일이 일어나고 있었다!!

"어… 어……?!"

지점장도 놀란 모양인지 민철의 엄청난 폭주를 지켜보고만 있었다.

본래대로라면 적당히 마시게 하다가 말리려고 했으나.

"후우……."

가볍게 한숨을 내쉰 민철이 사발을 내려놓는다.

"제법 맛있군요."

"……!!!"

애주가라 불리는 지점장조차 원샷하지 못한 심곡점 특제 폭탄주 사발을 그대로 원샷해 버린 것이다.

게다가 멀쩡한 정신머리를 유지하면서 침착하게 다시 고기 굽는 일에 열중한다!

"괴, 굉장하구만, 이 친구!!"

지점장이 놀란 눈동자로 크게 웃기 시작한다.

작은 연출에 불과하지만 민철의 폭탄주 사발 원샷에 지점장의 기분도 절로 따라 올라가기 시작한다.

반면, 민철은 가볍게 마나를 체내로 순환시키며 알코올의 농도를 빠르게 중화시킨다.

술을 좋아하는 레이폰이지만 그건 어디까지나 레디너스 시절의 레이폰일 뿐이지 지금의 이민철의 육체로는 이 술이 감당이 안 되기 때문이다.

마나의 순환으로 술의 농도를 거의 중화시킨 민철이 다 익은 고기를 지점장의 그릇에 놓아준다.

"잘 익었습니다, 드시지요."

"자네, 괜찮나?"

"예, 물론입니다."

"이거 참… 나보다 술 잘하는 사람은 별로 본 적이 없는데, 역시 본사 채용 인재는 다르구만."

대한민국의 술 문화는 회식 자리의 상징이라 할 수 있다.

민철이 사전에 그것조차 모르고 회식 자리에 참가할 리가 없다.

이성적으로는 왜 이런 술을 마시는지 이해가 잘 안 가는 민철이었으나 이게 회식의 분위기를 띄워준다면 민철이 거절할 이유는 없다.

아니, 오히려 백 마디의 말보다 술 한 번 마시는 것으로 분위기를 띄울 수 있다면 민철은 별로 힘 안 들이고 이득을 보는 셈이었기에 손해란 생각은 들지 않았다.

1차 회식이 끝난 이후.

"2차 가야지, 2차!"

지점장의 말에 직원들의 표정이 별로 좋지 않아 보인다.

시간은 자정을 넘어가고 있다. 게다가 내일은 평일. 누가 자정을 넘기면서까지 지점장과 2차를 가고 싶어 하겠는가.

지점장은 술을 많이 마셔도 내일 적당히 늦게 출근하면 될 일이지만 직원들은 그렇지 않다.

특히나 정시 출근도 모자라서 석인과 같은 인턴은 정직원 전환을 위해서라도 오늘처럼 1시간 조기 출근을 유지하는 편이 보기도 좋다.

모두가 가고 싶어 하지 않는 2차.

민철은 어쩔 수 없이 자신의 기질을 발휘할 수밖에 없었다.

"지점장님, 그럼 제가 좋은 곳으로 모셔다드리겠습니다."

"좋은 곳?"

"예. 다른 직원들은 내일 나와서 일도 해야 하니 저랑 둘이서 조용한 곳에 가서 마시는 것도 좋지 않겠습니까? 저도 지점장님을 처음 뵙는 순간 왠지 모르게 오랫동안 알고 지내고 싶다는 기분이 들어서 이렇게 부탁드려 봅니다. 아… 신입 주제에 이런 말을 하는 건 주제넘는 걸로 들리지만, 아까 그 조카분 이야기도 자세하게 듣고 싶기도 해서입니다."

"오, 그래? 좋지! 나야말로 오히려 자네랑 알고 지내면 분명 득이 될 거니까! 하하, 좋은 곳이 어디지? 안내하게!"

"예, 그럼 안내하겠습니다."

실제로 지점장의 조카에게는 관심이 없지만, 민철은 필요한 거짓말을 할 수밖에 없었다.

아마 지점장도 전 직원에게 2차를 가자는 말을 한 건 아닐 것이다.

여자 사원들도 있는 데다가 모든 직원이 2차를 끝까지 참석

하리라는 기대감을 별로 가지고 있지 않은 상황에서 민철은 지점장에게 좀 더 자신을 어필하면서 긴밀한 관계를 유지하고 싶다는 떡밥을 던짐으로써 지점장을 꼬드기는 데 성공한다.

민철이 고개를 끄덕이면서 잔뜩 취한 고 과장을 부축하고 있는 윤 주임에게 다가간다.

"제가 지점장님 모시고 들어가겠습니다. 윤 주임님은 다른 직원분들이랑 이대로 해산하시면 될 듯합니다."

"민철 씨, 괜찮겠어?"

"네. 괜찮습니다. 그럼 내일 뵙도록 하죠."

"어… 그래."

민철의 수완 덕분에 다른 직원들은 지점장으로부터 해방될 수 있었다.

분명 민철 개인을 놓고 보자면 손해일지 모르지만, 직원들의 마음을 얻는 건 지점장에게 관심을 받는 것만큼이나 좋은 일이다.

『회사원 마스터』 2권에 계속…

박선우 장편 소설
FUSION FANTASTIC STORY
PERFECT GAME
퍼펙트 게임
고통과 좌절의 시간들을 뛰어넘어
불사조처럼 일어나 세계를 제패한 사나이의 일대기.
대한민국을 넘어 메이저리그를 평정하며
명예의 전당에 헌정된 언터처블 투수, 이강찬.
강철 같은 어깨에서 뿜어져 나오는 그의 패스트볼은
무적이었으며 야구계에 길이 남을 신화였다.
야구만을 사랑했던 고독한 사나이.
그의 퍼펙트게임이 이제 시작된다!
Book Publishing CHUNGEORAM
WWW.chungeoram.com

가프 장편 소설

관상왕의
1번룸

FUSION FANTASTIC STORY

거대한 도시의 그늘에서 벌어지는
짜릿하고 통쾌한 이야기!

『관상왕의 1번룸』

텐프로의 진상 처리 담당, 홍 부장.
절망적인 삶의 끝에서 만난 남국의 바다는
그를 새로운 인생으로 인도하는데……

쾌락을 원하는 거부, 성공에 목마른 사업가,
그리고 실패로 절망한 사람들이여.

여기, 관상왕의 1번룸으로 오라!

Book Publishing CHUNGEORAM

유행이 아닌 자유추구 -
WWW. chungeoram.com

FUSION FANTASTIC STORY

미더라 장편 소설

ODD LAWER

Devil's Balance

괴짜 변호사
악마의 저울

FUSION FANTASTIC STORY

니콜로 장편 소설

아레나
이계사냥기

『경영의 대가』
니콜로 작가의 신작 소설!

서른을 앞둔 만년 고시생 김현호,
어느 날, 꿈에서 본 아기 천사에게 충격적인 이야기를 듣는데……
"모르시겠어요? 당신 죽었어요."

뭐?! 내가 죽었다고?

"그리고…… '율법'에 의해 시험자로 선택받으셨어요."

김현호에게 주어진 시험!
시험을 완수해야만 살 수 있다.

현실과 제2차원계 아레나를 넘나들며,
새 삶의 기회를 얻기 위한
그의 치열한 미션이 시작된다!

Book Publishing CHUNGEORAM